METZ

ET

LE JOUG PRUSSIEN

PASCAL LAUROY

METZ

ET

LE JOUG PRUSSIEN

> Puissante ville de Metz...... O belle et
> noble cité! Il y a longtemps que tu as
> été enviée. Ta situation trop importante
> t'a presque toujours exposée en proie.
>
> BOSSUET. *Panégyrique de saint Bernard*

PARIS

NOUVELLE LIBRAIRIE PARISIENNE

ALBERT SAVINE, ÉDITEUR

12, Rue des Pyramides, 12

1890

« Au nom des Alsaciens-Lorrains vendus par le traité de Francfort nous protestons contre l'abus de la force dont notre pays est victime !

« LES DÉPUTÉS D'ALSACE-LORRAINE,
« Au Reichstag, février 1874. »

« Cette population ne change pas de sentiments comme d'habits, et par conséquent c'est un devoir de respecter ces sentiments !

« MARÉCHAL DE MANTEUFFEL,
« Gouverneur d'Alsace-Lorraine. »

INTRODUCTION

« *Lorrains et Alsaciens, unis dans la même pensée et frères par le cœur, nous voulons partager la même destinée...* » disait le député de Metz, M. Bezançon, au Reichstag, le 24 mars 1879, en réponse à M. de Bismarck qui avait déclaré que la question de savoir si l'Alsace et la Lorraine devaient former un tout et avoir une administration commune n'était pas encore définie.

C'est aussi le cri de l'auteur au début de ce livre.

Mais deux motifs l'ont déterminé, tout en dessinant à grands traits le martyre de l'Alsace-Lorraine durant ces vingt dernières années, à traiter avec plus de relief l'histoire du pays messin. Le premier de ces motifs, c'est que la question d'Alsace vient d'être traitée séparément ; le second et le plus important, c'est la nécessité de rétablir la vérité sur les sentiments actuels des habitants de Metz et sur l'histoire de cette ville, sentiments et histoire dénaturés dans de récentes études qui ont paru au delà des Vosges.

Les écrivains allemands s'étudient à démontrer combien sont vaines les revendications des habitants des pays annexés. L'heure d'écrire l'histoire de l'Alsace-Lorraine n'a pas encore sonné ; aussi bien l'auteur du présent ouvrage ne veut-il opposer aux fables prussiennes que le résumé des faits dont il a été témoin et des souffrances qu'il a partagées.

La pensée d'accomplir un devoir patriotique a seule dicté les pages qui ont trait à l'affinité de race et de langue que l'Allemagne veut établir entre elle et nos anciens compatriotes.

Enfin, le passeport étant de toute nécessité pour pénétrer en Lorraine, l'étude de cette question s'imposait pour compléter le tableau de la situation faite aux Alsaciens-Lorrains.

Avril 1890.

METZ
ET LE JOUG PRUSSIEN

PREMIÈRE PARTIE

QUELLE EST LA SITUATION FAITE AU PAYS MESSIN PAR L'ANNEXION VIOLENTE DE L'ALSACE-LORRAINE A L'ALLEMAGNE ?

CHAPITRE PREMIER

Metz en 1890. — A travers les rues. — La ville à neuf heures du soir. — Le 7 septembre à Metz.

Amanweiler !..... *Amanvillers !.....* crient alternativement les employés allemands et le chef de train français.

Une tête se présente à la portière de notre wagon et nous avertit de mettre en poche le *Figaro*, dont nous achevions la lecture, si nous ne voulions pas nous le voir saisir.

J'hésitais à suivre le conseil de l'employé français, quand mon compagnon de route,

1.

M. Carchez, me persuada en rappelant qu'une
fois déjà il avait été molesté à ce propos.

Amanvillers est la station de la douane
allemande sur la ligne de Verdun à Metz.

A peine avions-nous mis le pied sur le quai
de la gare que de grands et solides gaillards,
bien sanglés dans leur uniforme merde d'oie,
nous invitèrent à entrer dans la salle de
douane.

Je regarde autour de moi et je m'aperçois
que pour un train de huit voitures nous
sommes sept voyageurs, dont deux enfants.

A la visite des bagages succède une autre
formalité tout à fait vexatoire.

Un commissaire de police, bien cambré dans
une tunique d'une propreté irréprochable et
qui semble moulée sur le corps, demande le
passeport. Il dévisage le voyageur dont il
parcourt le passeport, puis penché sur son
bureau il transcrit les réponses aux interro-
gations suivantes : *D'où fenez-fous?. ... Où
allez-fous?..... Où hapidez-fous?..... Quel est
le modif te fotre foyache?*..... etc... etc. C'est
un tas de questions à vous causer l'illusion d'un
cabinet de juge d'instruction. Une fois l'inter-

rogatoire terminé, un gendarme en uniforme et le casque à pointe sur la tête vous ouvre d'une main la porte qui conduit à la salle d'attente, tandis que de l'autre il tient le canon de son fusil.

D'après Gœthe, « quand l'Allemand est poli il est en train de mentir » ; aussi puis-je affirmer que le commissaire en question était plein de franchise.

— Je ne vous crois pas, les Français sont tous des menteurs, criait ce commissaire à une femme qui revenait de Verdun à Metz mais sans la *passkarte* obligatoire.

— Mais, Monsieur, je vous assure que j'avais une *passkarte,* je l'ai oubliée chez moi à Metz !

— C'est un mensonge ! Vous ne passerez pas.

— Je vous affirme, Monsieur, que je me suis présentée au commissariat de la troisième section. Veuiller me laisser télégraphier, je suis Mme Bettir.

Comme le policier continuait à rire inso-lemment à la figure de cette dame, mon com-pagnon de route, M. Carchez, s'offrit alors, à

elle pour donner des explications en allemand.
Je dus signer avec lui un écrit où nous nous
portions garants de la nationalité de la personne en question, et elle put ainsi continuer
sa route vers Metz où la police devait la saisir
avec nous si elle avait fait une fausse déclaration, ce qui n'était pas le cas.

En remontant en wagon je manifestai mon
étonnement de voir si peu de monde dans le
train.

Je suis au contraire surpris, me répondit
l'employé français, que les voyageurs soient si
nombreux aujourd'hui ; depuis l'obligation du
passeport, il est plus commun de ne voir que
deux ou trois voyageurs ou aucun.

Après cette réponse on comprend pourquoi
la compagnie des chemins de fer de l'Est met
à l'usage de cette ligne un matériel qui sue la
vieillerie et l'incommodité.

Enfin nous filons sur Metz ! A droite et à
gauche des collines couvertes de feuillage
vont par étages s'adosser jusqu'au plateau de
Gravelotte à jamais mémorable pour les actes
de valeur dont il a été témoin. A mesure que
le train avance, les vignes prennent la place

des bois sur les hauteurs avoisinantes, et bientôt au milieu de ces nombreuses métairies se dressent, vides et les persiennes closes des maisons de campagne dont les habitants sont écartés par l'obligation du passeport. Par-ci par-là un mât bariolé aux couleurs de l'empire allemand indique que ces propriétés sont devenues la proie des Prussiens par suite de l'expulsion de nos compatriotes. Tout en haut, à gauche de la voie, pareil à une forteresse du moyen âge, se dresse l'ancien fort Saint-Quentin dénommé aujourd'hui Frédéric-Charles. Ses nombreuses bouches à feu lui donnent l'aspect d'un monstre accroupi et prêt à vomir la mort sur la France.

M. Carchez m'expliqua que ce fort est un des chaînons de la ceinture de fer qui forme autour de Metz un camp rétranché dont le pourtour est aujourd'hui de trente kilomètres. A côté du fort précité, sur la rive gauche de la Moselle, s'élève le fort Manstein, tandis que plus au nord, à une distance de treize kilomètres, on aperçoit le fort Alvensleben éloigné de la cathédrale de 4,500 mètres et soutenu par les fortins Kamecke et Hindersin.

Sur la rive droite on ne compte pas moins de cinq grands forts dont le plus important est le fort Manteuffel situé près du village de Saint-Julien. Plusieurs sont munis de tours cuirassées établies sur pivots. Dans l'intérieur de cette énorme ceinture de fortifications se trouvent douze villages et plusieurs centaines de hameaux, de fermes et de maisons de campagne.

Metz!... Metz!... crie un employé en faisant sonner le *t* très dur.

Entendu, entendu, lui répond M. Carchez, tout mécontent de se voir interrompu dans les renseignements qu'il me donnait...

Le voyageur, qui n'aurait pas revu la ville depuis une paire d'années seulement, serait tout étonné des nombreux changements qui y ont été opérés. Ici, l'ancienne inscription *Bureau d'Octroi* s'est transformée en celle de *Octroi-Bureau;* c'est sans doute parce qu'en intervertissant l'ordre des facteurs le produit ne change pas. Là, au-dessus de la porte de la ville, on lit maintenant *Banhofsthor* où autrefois on lisait *Porte serpenoise.*

On s'explique jusqu'à un certain point la rage des Allemands de débaptiser certaines rues comme certaines villes, mais ce qui paraît plus inadmissible, c'est de voir le même nom traduit de façon différente. Ainsi, nous venons de voir que l'inscription *Porte serpenoise*, mise par l'académie de Metz en souvenir de la voie romaine qui conduisait à Scarpone, était traduite par *Banhofsthor*, « porte de la gare » ; au contraire, la *rue Serpenoise* qui fait suite à cette porte a été dénommée *Rœmerstrasse* « voie romaine », ce qui est plus exact. Nous ne voulons pas nous arrêter plus longtemps cependant à réclamer un peu de logique à un peuple qui n'en fait habituellement usage que dans son intérêt, ce serait perdre notre temps, il nous suffit de le constater une fois de plus.

Il n'y avait déjà rien aussi révoltant que d'entendre parler l'idiome tudesque dans les rues de Metz. Non pas que nos anciens compatriotes s'entretiennent dans cette langue, oh! non, elle leur répugne trop, et ceux qui parlent allemand ne le font ni par plaisir ni par habitude et seulement quand les nécessités de la vie les y contraignent. Mais quand deux Prussiens parlent dans la rue, ils la rem-

plissent totalement de leurs clameurs guttu-
rales et, grâce à ce verbe grinçant et à leur
sans-gêne, ils vous portent à croire que l'allemand est la langue parlée par tous les habitants. Aussi était-on déjà suffisamment révolté
par cette audition désagréable quand le gouvernement prussien pour compléter le plaisir
l'offrit aux yeux. Dès la fin de l'année 1887, le
gouvernement d'Alsace-Lorraine a publié un
certain nombre d'arrêtés pour germaniser les
enseignes des commerçants et toutes les écri-
tures ayant un caractère public ; on dut considérer comme telles non seulement les
enseignes placardées dans les rues, à la devanture des magasins, etc., mais aussi toutes les
annonces qui, bien que affichées dans des lo-
caux privés, peuvent être aperçues de la voie
publique. Une instruction adressée aux maires
considérait comme inscriptions publiques les
caractères que les employés de certains établissements de commerce portent gravés sur le
devant de la casquette.

Il n'y a donc pas lieu de s'étonner devant
la multitude d'inscriptions allemandes qui
crèvent les yeux du voyageur qui arrive à

Metz, mais il serait injuste d'en conclure que la germanisation y est implantée.

Parmi les écritaux qui attirent le plus l'attention il faut noter ceux des établissements où l'on mange gloutonnement un morceau de saucisse, tout en engloutissant un *halb-mass* ou demi-litre de bière. Ces établissements, assez nombreux d'ailleurs, étalent en grosses lettres formées avec un badigeon jaune d'ocre leurs envahissantes enseignes *Gastlhof*, *Wirtschaft* et à côté *Tabak und Cigarren*. C'est à croire que Metz a recueilli dans ses murs les succursales de toutes les fabriques de tabac et d'atroces charcuteries où, comme jambons de Bayonne, de Portugal, et surtout de Mayence, on ne rencontre que le rebut des lards d'Amérique. Il y a rivalité, quant au nombre, entre les gargotiers en charcuterie et leurs confrères les débitants de plante de Nicot.

« *Das ist fein, sehr fein* » c'est fin, c'est excellent! nous débite tout à coup à l'oreille, sur un ton pleurard, la femme grande et molle accotée au chambranle de la porte de son magasin.

Ja, schoen ! lui répond M. Carchez en indiquant la banale réclame que font à la vitrine les cinquante chapelets de saucisses qui enguirlandent deux ou trois énormes jambons. Nous continuions notre promenade, rassasiés au passage devant l'entrée par les bouffées d'une odeur aussi fade que désagréable qui s'échappent des viandes hachées, entassées là sur des plats de bois, quand M. Carchez me dit : « N'empêche que vous êtes plus difficile à contenter qu'un roi !

— Comment cela ?

— Mais c'est la boucherie de l'empereur ! »

Au-dessus de l'entrée du magasin on aperçoit en effet comme enseigne deux hercules tenant à la main une massue, une banderole leur sert de feuille de vigne commune et porte écrit en allemand : *Boucherie de la cour !* tandis que leurs têtes sont encadrées dans une auréole où on lit « *Gott mit uns* » Dieu est avec nous.

Je ne pus m'empêcher d'admirer cette façon de mettre les jambons sous la protection de l'empereur Guillaume, mais je dois avouer aussi que je n'ai pas rencontré dans la charcuterie de Sa Majesté plus que dans les autres ce que nous offrent les devantures attrayantes

de nos charcuteries françaises. Là, pas de sau-
cissons chamarrés d'argent, ni langue d'un
rouge appétissant, ni terrines de foies gras ; là
pas de chipolata, ni pâté de foie ! c'est un luxe
dont le marchand de *delicatessen* partage le
monopole avec le débitant de *colonial-waaren*.

Je m'étais fait conduire dans un de ces magasins de *delicatessen ;* attiré par le mot de
l'enseigne, j'espérais faire un régal de choses
savoureuses, exquises, délicates enfin. Je vois
encore le sourire malicieux de M. Carchez,
quand, devant une de ces boutiques, il me dit :
« Entrons, vous ferez vos achats, gourmand ! »
Comme choses faciles à digérer le marchand
de *delicatessen* vendait surtout du saumon et
de l'anguille fumés, du caviar, des anchois à
l'huile et des harengs marinés, etc. Ce magasin est celui des gens chics et calés ; le titre
seul en écarte les petites bourses et les Français.

Tout comme le porc, le tabac s'offre à Metz
sous toutes les formes, et nos petits bureaux
de tabac français sont bien chétifs à côté de
ces magasins allemands tués souvent d'ailleurs par leur luxe d'emplacement.

Il est presque impossible de rencontrer un

Allemand sans un cigare à la bouche, ce qui nécessite une dépense quotidienne de nombreux stocks de cigares pour suffire aux 30000 Allemands, tant civils que militaires, campés à Metz. Aussi voit-on derrière les vitrines des échaffaudages de boîtes de cigares. Il n'y a pas grand choix et le cigare ordinaire est le plus vendu, car l'Allemand n'y cherche pas un plaisir pour l'odorat ou la voluptueuse ivresse de la nicotine. Que le cigare donne de la fumée, c'est tout ce que l'Allemand réclame. Il y a aussi profusion de pipes à long tuyau flexible; elles se balancent à la devanture en étalant aux yeux avides des conscrits les fourneaux en faïence où minaudent quelque *Minna von Barnhelm* ou quelque *Dorothée* au bras de son *Hermann*.

Deux ou trois anciens marchands de tabac vendent presque exclusivement du tabac français et bien moins cher qu'à Paris. C'est à ces bureaux que nos compatriotes se fournissent de préférence quand ils ne veulent pas sucer les feuilles de rebut que les planteurs d'Alsace cèdent à vil prix pour les... bouches allemandes.

A Metz, l'empereur a non seulement son charcutier attitré mais encore son marchand de bière. Celui-ci porte le titre de fournisseur de Sa Majesté depuis 1877, lors du premier passage de Guillaume Ier à Metz. Comme le cortège impérial passait devant la brasserie d'un nommé Müller, celui-ci, un Prussien, vint offrir de la bière à l'empereur. Depuis cette époque, la bière qu'il débite s'appelle pompeusement *kaiserbier*, bière de l'empereur.

— Entrons-nous à la brasserie Müller, me dit M. Carchez, nous boirons un *halb* d'excellente bière et au jour de la revanche vous payerez ces Prussiens en leur ouvrant le ventre?

La curiosité me brûlait autant que le palais, et je me hâtai d'accepter. J'étais venu pour voir, il fallait profiter de l'occasion.

Dans la salle où nous pénétrons les odeurs de victuaille et de bière mêlées à la fumée d'un mauvais tabac remplissent l'atmosphère. Sur le parquet — si toutefois je puis appeler ainsi le sol disloqué où nous posions — des papiers graisseux et marbrés de cendres de cigares se baignent dans les flaques de bière. C'est glissant, c'est gluant, c'est visqueux, c'est plein de puanteur.

Il y a là des consommateurs occupés à mâcher avec bruit du fromage qualifié de gruyère à aussi juste titre que l'Alsace-Lorraine peut être dite amoureuse de l'aigle prussien ! De petits employés de préfecture sont à se crier d'un bout de la salle à l'autre *Mahlzeit, Mahlzeit*, bon appétit, et dévorent avec rapacité du jambon cru. Quelques femmes, en cheveux, mordent dans des saucisses qu'elles ne quittent qu'à regret pour répondre à une voisine. C'est un bruit de mâchoires en fonction ou de lèvres qui pompent de grosses gorgées de bière dans leurs chopes à anse. L'une de ces buveuses de bière que sa chevelure rousse et filasse toujours en révolte avait fait surnommer « choux frisé » lançait une note gaie dans l'établissement. Elle fredonnait une chanson égrillarde dont trois mots du refrain *Auf dem canapée* étaient répétés avec enthousiasme par toute la société qui, tout en bâfrant, applaudit des mains et frappe des pieds.

Quand nous quittons ce lieu infect une *Gretchen* nous reconduit d'un air tout consterné, et de sa bouche en cœur s'envole un *schmeckt es Ihnen nicht*, ne trouvez-vous pas cette bière à votre goût!... Nos chopes à anse étaient restées intactes.

— Allons voir plus loin, me dit M. Carchez, et vous m'avouerez que nous n'en sommes plus au temps où, en nommant Toul la sainte et Verdun la noble, nous pouvions ajouter Metz la riche.

— Comment cela, monsieur Carchez, ne m'avez-vous pas déclaré, hier encore, que dès février 1873, vous aviez eu à supporter des contributions supérieures à celles que vous payiez à la France, supérieures à celles de la Prusse et du duché de Bade ; ce qui suppose une certaine richesse ?

— Parfaitement ; mais combien n'en avons-nous pas parmi ces sauvages dont le propriétaire apprend le départ quand déjà ils sont bien loin. Aussi n'est-il pas très avantageux d'avoir un magasin à louer, car, en dehors des départs à la cloche de bois, comme nous disons, qui appauvrissent la bourse du propriétaire, il faut reconnaître que les loyers des magasins ont subi une diminution énorme.

— Je conviens avec vous que les propriétaires souffrent certaines pertes, mais com-
pensées, il me semble, par la location des
logements aux militaires.

— Halte-là ! Quelques propriétaires seulement ont cette compensation; ce sont ceux
qui peuvent fournir de petits appartements
meublés aux lieutenants et aux sous-lieute-
nants. Quant aux propriétaires qui louent de
grands appartements aux militaires mariés,
ils ne sont pas à envier. Commandants ou
colonels, en prenant possession de leur *quartier* ou appartement, y arrivent avec quatre ou
cinq enfants. Ils ne sont pas très riches mais
très exigeants; pour louer un appartement il
faut en fin de compte, concéder une diminution et se préparer à faire de grandes répara-
tions quand ils quitteront le logement.

— Allons, allons, monsieur Carchez, il me
semble que vous exagérez quelque peu ; ces
militaires forment la partie aristocratique de
la nation et ont par suite une noblesse de caractère qui leur fait respecter le bien d'autrui.

— Ah! vous voilà bien comme les autres,

tous les mêmes là-bas en France et habitués à mesurer les autres à votre aune.

— Et comment cela, s'il vous plaît?

— Vous vous dites tous : noblesse oblige. Et parce qu'un gaillard quelconque a ici un *von* devant son nom, vous en concluez qu'il se respecte. Détrompez-vous, et écoutez ce qui s'est passé dans ma propre maison.

— Un cas entre mille; vous n'ignorez pas qu'il n'est pas logique de conclure du particulier au général.

— Sans doute, et si le fait suivant ne vous satisfait pas, je vous en servirai d'autres.

— Soit, parlez.

— J'ai comme locataire le colonel d'un régiment de dragons. Il a passé toute sa jeunesse à la cour de Berlin où est venu le surprendre son titre de colonel; on le dit même bâtard de feu l'empereur Guillaume Ier. Il a épousé une actrice de Berlin, une femme opulente qui a conservé dans son extérieur l'air noble et pesé de son ancien rôle de princesse. Il s'appelle M^r *de* Krieg, et regarde trois fois avant de savoir si oui ou non il vous saluera. Eh bien cet avorton de noblesse

se fait ramasser ivre-mort dans la cour par
M^{mo} *de* Krieg et ma concierge, à peu près
chaque semaine, et vous me parlez de la
noblesse de caractère de ces gens-là !

— J'avoue que c'est une noblesse très
amoureuse de bière.

A ce moment vint à passer devant nous un
bataillon qui rentrait du champ de tir. Malgré
nos préférences pour nos braves fantassins,
nous fûmes obligés de convenir que le soldat
prussien a l'air plus robuste. L'uniforme par
lui-même a déjà une apparence de solidité
quand on le voit à la vitrine du tailleur, mais
sur le dos du soldat, il l'emporte sur celui du
soldat français. Devant ces hommes tout crottés
qui passaient, on n'éprouvait pas non plus ce
sentiment de malaise insurmontable que l'on
ressent quand on voit manœuvrer l'infanterie
française par un temps pluvieux. Tous ces
Prussiens avaient de solides bottes et tous les
pantalons étaient rentrés dans les tiges. Aussi,
tandis que notre fantassin a les jambes mouil-
lées ou perd le temps à lacer les guêtres, le
soldat prussien est de suite prêt et se lance
dans les terres trempées par la pluie sans

risquer d'y laisser les chaussures, comme il est arrivé à nos troupes dans la dernière guerre.

Mais n'insistons pas plus longuement sur ce point ; c'est affaire aux fournisseurs de l'armée et à l'administration du département de la guerre.

Tout en suivant le bataillon prussien, nous étions arrivés à l'extrémité de l'Esplanade, à l'ancienne caserne du génie. Devant s'étend une grande place dénommée place Empereur-Guillaume, c'est une *exercierplatz*. Il y a là plusieurs centaines de jeunes gens que l'on brutalise sous prétexte d'en faire des soldats prussiens. On entend de tous côtés des gaillards qui s'époumonnent. « Ein... zwei... ein... zwei... » et trois solides gars, la tête raide et les bras plaqués le long du corps, apprennent à faire le pas du grand Frédéric, sous le commandement d'un *unteroffizier*. Il faut savoir qu'en Allemagne on octroie déjà le titre de sous-officier, comme dans le cas présent, au militaire qu'un simple bouton au collet de la tunique distingue des autres ; c'est l'équivalent du premier soldat en France.

Un bruit de sabots de chevaux entendu derrière nous me fit tourner la tête.

Une cinquantaine de cavaliers, au costume différent, mais portant tous à l'extrémité des poignets de la tunique et au col le galon doré, défilaient au pas. C'étaient les élèves de l'école de guerre, — car Metz possède une des huit écoles de guerre de l'Allemagne, — qui rentraient dans leur *quartier* installé dans les bâtiments occupés avant 1870 par l'école d'application et du génie.

Je suivais de l'œil ces futurs officiers en pensant à la sotte et méchante provocation que ces jeunes gens ont faite récemment près de Vionville, sans souci de la frontière, à des paysans français occupés tranquillement aux travaux des champs. Tout en me rappelant les quinze jours de consigne que leur avait attirés cette espièglerie, je me demandais si le gouvernement prussien se serait contenté sérieusement de cette satisfaction au cas où des cavaliers français eussent été les auteurs d'un fait semblable. Je songeais à la gêne qui doit exister continuellement entre la population messine et des gens aussi haineux, quand

mon compagnon en me poussant du coude me
cria : « Mais regardez donc, regardez donc ! »

Le numéro trois des conscrits avait perdu
l'équilibre en faisant le pas ; il avait frappé le
sol avec force du pied droit, mais il n'avait pas
conservé assez longtemps le pied gauche tendu
en arrière. L'*unteroffizier*, pris de fureur, frappait du plat de son sabre, à plusieurs reprises,
le jarret droit du soldat, puis il lui tirait et
secouait le nez en débitant des *schafskopf*
ou autres injures.

C'était révoltant... L'*unteroffizier* continua
sans plus de souci : *links*..., *rechts*..., gauche...,
droite... etc.

Quelques jours après, je racontais le fait
dans une société en avouant que, si j'avais été
à la place du conscrit, j'aurais marbré à coups
de poing la face du premier soldat. Un jeune
prêtre voulut bien m'expliquer ce que peuvent
faire les témoins d'une pareille scène.

— Vous n'auriez qu'à adresser une plainte
au colonel du régiment, me dit l'abbé, et lui
désigner l'auteur de l'acte de brutalité. Non
seulement le sous-officier aurait été puni, mais
l'officier lui-même aurait été blâmé. Le grand

tort du public est de ne pas adresser de plainte quand il est témoin de quelque fait de ce genre.

— La punition du sous-officier n'a-t-elle pas un contre-coup sur le soldat ?

— Le fait arrive, mais pas toujours.

Comme, tout en remerciant l'abbé de son renseignement, je lui exprimais mon étonnement de le voir si bien au courant de la question militaire, il me lança en riant le petit texte latin : *Experto crede Roberto.* Il me raconta ensuite que dans le pays messin huit ou neuf prêtres avaient dû faire quelque temps de service dans l'armée allemande; chiffre qui n'est pas énorme pour un espace de dix-huit années. Parmi eux il y eut six volontaires d'un an, et un septième qui servit pendant trois mois seulement, grâce à la bienveillance de M. de Manteuffel. L'abbé avait été un des six volontaires; d'où ses connaissances militaires.

— Vous ne dites pas tout, monsieur l'abbé, interrompit l'un des auditeurs.

Comme l'abbé s'excusait en rougissant, l'interpellateur nous apprit que le jeune prêtre avait fait une année de volontariat par dévouement pour quatre frères plus jeunes que lui et orphelins de père.

L'abbé, mis en verve, nous raconta la fierté du colonel d'avoir ces volontaires dans son régiment, et la bienveillance avec laquelle il les accostait quand il les rencontrait en promenade. Le jour anniversaire de la naissance de l'empereur, le colonel avait exigé que les six volontaires fissent danser sa femme.

— Je vous assure que la colonelle n'était pas laide, mais pas du tout, ajouta l'abbé, et je crois même qu'elle se faisait un malin plaisir à *ballieren* et *tanzieren* avec de futurs curés, comme dirait Tartarin.

En Allemagne, les volontaires n'habitent pas à la caserne, aussi les six jeunes ecclésiastiques logeaient-ils chez un vénérable prêtre, l'abbé Risse, fondateur de l'œuvre des jeunes ouvriers de Metz.

La dernière loi du Reichstag dispense complètement aujourd'hui le clergé de tout service actif.

Après l'acte de brutalité précédemment remarqué, nous continuâmes notre promenade sur l'Esplanade.

Tout en écoutant les cris de *Fass das gewehr*
portez armes, ou *links um..... rechts um...*,
demi-tour à gauche, à droite, j'arrêtai mes
yeux sur la statue du maréchal Ney. Perché
au haut de son socle, il enjambe un essieu de
canon brisé et, tenant à la main le fusil qu'il
vient de prendre à un grenadier, il fait front
résolument à l'invasion. L'attitude de ce Français dévisageant crânement l'ennemi fait une
singulière impression dans cet endroit. Dominant les casques à pointe qui grouillent à
ses pieds, ce « brave des braves » semble plus
brave encore.

J'ignore si les officiers allemands montrent
à leurs soldats comme un modèle de vaillance
ce maréchal dont Napoléon avait écrit dans un
de ses bulletins qu'il avait « l'âme trempée
d'acier »! Mais je ne doute pas que la haine
du Français a dû mettre souvent dans la
bouche du *Herr oberst*, désireux de se montrer parfait colonel prussien, ce seul mot écrit
là, sans date, sur le socle « Ney »; ce Ney,
vainqueur des armées prussiennes, et lorrain!

Je ne sais quelle intention a guidé le choix
de l'emplacement du monument à ériger à la

mémoire de l'empereur Guillaume, mais il est à remarquer que cette nouvelle statue sera placée sur le côté de l'Esplanade, opposé à celui où se dresse la statue du maréchal. D'après la maquette exposée à l'hôtel de ville, Guillaume Ier tournera le dos à Ney et aura les regards arrêtés sur la côte Saint-Quentin et aussi, je pense, sur

> Les barbares campés au delà de ces monts.

Devant la pierre scellée dernièrement par le petit-fils de Guillaume Ier, les Messins ont dû se répéter avec espérance la pensée du poète[1] :

> Le sort des nations, comme une mer profonde,
> A ses écueils cachés et ses gouffres mouvants.

L'esplanade est la plus belle promenade de Metz. C'est un endroit favorable pour voir défiler les principaux types de la ville. Il y a de belles allées de tilleuls où de nombreux officiers, pincés dans leur tunique comme dans un corset, le lorgnon à l'œil, la moustache en broussaille et le sabre sous le bras,

[1] Victor Hugo.

jouent les jeunes premiers au milieu de jeunes
femmes. Il y a là un chassé-croisé d'uniformes
multicolores, de casques à pointe et de toi-
lettes manquant de goût et de tournure. La
rivalité ne fait cependant pas défaut sur ce dernier point entre Mme *la mairesse* et Mme *la notairesse*. Quel est le Messin qui ne se rappelle
d'ailleurs la lutte épique qui, à l'époque d'une
visite impériale, eut lieu entre la robe crème
de Mme *la Kreisdirectoresse* et la robe mauve
de Mme *la doctoresse Z*...

Dans quelques allées de l'esplanade l'on
n'entend que des phrases françaises, tandis que
plus loin un défilé de promeneurs civils et
militaires ne font entendre que des accents
tudesques.

Il existe une sorte de frontière.

Plus loin, près de la rampe, en un coin,
des officiers en casquette de drap noir à bande
rouge semblent s'être donné rendez-vous dans
l'obligatoire *Restauration*.

Chaque jeudi et chaque dimanche, pendant
la belle saison, la musique des régiments vient
donner quelque aubade. Les blondes Allemandes se pâment d'aise alors sur leurs chaises,

leur âme tendre s'épanouit, tandis que les officiers se font des confidences.

Là encore se retrouve la frontière établie tacitement entre les deux races vivant côte à côte à Metz. Les habitants de Metz et de toute l'Alsace-Lorraine d'ailleurs sont calmes, ils savent protester en silence et en observant la loi. Manteuffel n'en faisait-il pas lui-même l'aveu en disant : « Dans mes voyages à travers le pays, j'ai constaté le profond respect de la loi, » et en ajoutant avec franchise : « Je n'ai rencontré personne qui ait cherché à me donner le change sur ses sentiments, et ceux aussi auxquels leur patriotisme alsacien-lorrain impose le devoir de prendre part aux affaires du pays ne m'ont jamais caché que cette participation ne s'est pas effectuée sans qu'il leur en coutât bien des luttes et des efforts. »

La société messine est complètement fermée aux Allemands tant civils que militaires, comme je l'ai fait remarquer à propos de l'Esplanade. Cette façon d'agir découle non seulement de la différence de nationalité, mais remonte aussi aux premiers temps de l'occupation où les envahisseurs provoquaient et frappaient même

les passants inoffensifs, dont quelques-uns mor-
tellement. L'apaisement est venu, mais tout
rapprochement est impossible, le caractère
prussien s'y oppose, mais surtout les procédés
du gouvernement. Je ne veux pas citer ici
toutes les vexations auxquelles les Messins sont
sujets, et pour motiver mon excuse je cite les
vers du poète lorrain :

> J'en erims trapé v'récontét,
> Si j'volins tortot deuhitet :
> J'nerim's fini de let jonaye,
> J'nen povans far let crouaye [1].

Pour avoir une idée un peu juste de Metz,
il faut voir la ville le dimanche. Dès les sept
heures du matin la sonnerie des cloches du
temple protestant construit pour la troupe
alterne avec le carillon des églises catholiques. Bientôt des escouades de soldats quittent les casernes, les unes se rendent à la
cathédrale où l'un des aumôniers militaires
célèbre la messe pour la garnison, les autres
vont assister dans un temple protestant à

[1] Nous en aurions trop à vous raconter si nous voulions tout débiter; nous n'aurions pas pas fini dans une journée, nous ne pouvons en faire la corvée.

l'office célébré par le pasteur. Dans l'une et
l'autre église les soldats chantent des can-
tiques et entendent les exhortations appro-
priées à leur état et à l'époque de l'année.
Le civil allemand n'est pas moins favorisé
que le militaire sous le rapport religieux.
Dans chaque paroisse, le dimanche, il y a
l'heure de l'office destiné aux Allemands, et
les immigrés seuls y assistent ; les Français
ont conservé, comme avant 1870, leur grand'-
messe à l'heure ordinaire. Là encore la frontière existe, et frappante !

A la sortie de l'office, les prêtres allemands
distribuent à leurs ouailles quelques journaux
catholiques comme le *Sonntagsblatt*. Cette
feuille, presque vide de nouvelles politiques
mais féconde en histoires morales, est lue dans
toutes les familles allemandes. Je recommande
aux observateurs cette sortie d'office où tout
ce monde avance lentement dans les rues ab-
sorbé qu'il est par la lecture. Pareille coutume se remarque aussi d'ailleurs dans bien
des paroisses d'Allemagne.

Après une promenade au *Botanischer Garten*
et une autre à l'Esplanade, notre journée de

dimanche s'était écoulée assez rapidement. Neuf heures du soir sonnaient à l'horloge de la vieille cathédrale, quand en compagnie de M. Carchez j'arrivais en face de la « Bavaria » par où nous devions commencer notre visite de Metz une nuit de dimanche.

Tout près de nous, au corps de garde de la porte Serpenoise, se fit entendre un roulement de tambour.

—Venez, que l'on vous donne une petite leçon, me dit malicieusement M. Carchez, et nous hâtames le pas.

Le roulement de tambour continuait d'abord doucement, puis avec un crescendo, pour se terminer ensuite comme une plainte en mourant.

Tous les soldats du poste étaient alignés et au port d'armes. Le sergent fit l'appel de ses hommes, puis tous présentèrent les armes ; après quoi le chef du poste prit son casque en main et cria: *zům Gebet* — ... Prions!... Tous les hommes inclinèrent la tête avec respect et en silence. Deux minutes après, un nouveau commandement se fit entendre ; les soldats se redressèrent, reposèrent les fusils dans les fourches de fer scellées en terre devant le corps de garde. Un dernier roulement de tambour retentit et les hommes rentrent au corps de garde.

Il y a je ne sais quoi d'imposant dans cette prière que les soldats de tous les postes font ainsi chaque soir à neuf heures. Cet hommage rendu à la divinité par ces hommes en commun rappelle par certain point la famille où le soldat priait dans son jeune âge, et indique que la religion et le commandement marchent de pair dans l'armée allemande.....

Dans les rues la vie était comme tarie, et les lanternes électriques pendues au haut de leurs mâts ne trouvaient plus à éclairer de leurs blafards reflets que de rares couples qui fuyaient pareils à des ombres.

Nous nous dirigeons vers la *Bavaria*, sorte de café-brasserie adossé au jardin de l'évêché. Au-dessus d'une demi-douzaine de sapins tout jaunis on lit *grosses concert*. L'allemand aime à boire aux sons de la musique.

Nous entrons en trébuchant par une galerie parallèle à la salle, la devanture hermétiquement close.

Le public n'est pas des plus variés, il y a des militaires de toutes armes et des différents petits Etats de l'Allemagne — pas un officier — des femmes dont quelques-unes coiffées d'un bonnet mais le grand nombre en cheveux, un fort contingent de servantes bien musclées, par-ci par-là un petit ménage d'employés. Les buveurs rivalisent de tapage avec les instruments de musique ; on fume, on boit, on chante et quelques-uns dansent, tandis que l'orchestre placé dans un coin sur une tribune commence à faire rage de ses cuivres et de ses violons.

Du milieu de la salle part une poussée qui relègue les tables contre la muraille pour faire une place plus grande aux danses. Danseurs et danseuses ne sont pas à solde et les figures ne sont pas très savantes ; ce que l'on cherche, c'est le mouvement où le gros rire et l'entrain me rappellent la parole d'un Badois prétentieux « *toujours lustig* ». La chaleur devient insupportable et l'on respire bientôt une mauvaise odeur de transpiration.

Les femmes s'éventent à coups de mouchoir multicolore et les danseurs s'essuient les tempes du revers de la main. Quelques-uns renoncent à tout exercice et vont à l'écart roucouler, comme s'ils étaient dans l'allée des amoureux à l'Esplanade ; les servantes aux yeux bleus se laissent pincer par des soldats joufflus.

Tout ce monde s'en donne à cœur joie, quand tout à coup retentit une explosion de clameurs. Un soldat bavarois, trop entreprenant a voulu faire invasion sur terrain d'autrui en embrassant la *gretchen* d'un caporal prussien. Toute une bagarre s'ensuit et, au milieu des cris des femmes et des jurons des hommes, plus de cinquante poings se lèvent et s'abattent vigoureusement, tandis que des mains se tendent vers les patères où sont accrochés les ceinturons.

Profitant du voisinage de la porte, M. Carchez et moi gagnons rapidement la rue où je m'écriai :

— Vous vouliez donc me faire assommer !

— Pas le moins du monde, sans cela je ne vous aurais pas laissé près de la porte. Il ne faut pas d'ailleurs s'étonner de ces batailles entre Bavarois et Prussiens, dans les premières

années de l'occupation il ne se passait pas de
jour que l'on ne fût témoin de quelque rixe semblable. La haine entre les soldats de ces deux
pays était si profonde qu'il serait difficile de
citer un *tanz-salon* ou un *concert* où le sang
ne fut versé.

Désireux de voir par un petit coin le *high-
life* du prussianisme à Metz, nous entrâmes
dans une brasserie splendidement située en
face de l'Esplanade : elle est connue sous le titre
Germania, possède une grande terrasse située
à l'entrée même de la charmante promenade,
et est fréquentée presque exclusivement par
la société select de la colonie allemande.

Nous y rencontrâmes les hauts fonctionnaires de la ville mêlés à des officiers de tous
grades occupés à faire les jolis cœurs au milieu
de dames aux formes plates ou fortement
étoffées, les unes donnant l'idée de longues
flûtes du Rhin, les autres méritant l'appellation
de « tonneaux ambulants, » donnée par le père
de Geramb à certaines femmes d'Orient. A la
rapide, M. Carchez me cite parmi ces blondes
et brunes : *Madame la commandante de place,
madame la juge, madame la notairesse,* etc.

Ces femmes ont des éclats de voix à vous faire croire qu'elles vont se pâmer, elles se racontent les différentes courses faites dans la semaine ou les petites nouvelles apprises depuis leur dernière réunion de buveuses de café « Kaffee schwester ».

A Metz comme en Allemagne, les Prussiennes, dans leurs réceptions de l'après-midi, s'offrent une tasse de café, tout comme nos Parisiennes vous offrent une tasse de thé.

Les femmes que nous avons sous les yeux ne sont ni jolies ni laides. Les hommes, en revanche, sont presque tous de belle venue.

En somme, la clientèle de cette brasserie se compose d'un public relativement distingué.

A une table voisine de la nôtre, de jeunes officiers en bourgeois, tout heureux de leur jeunesse, ont des explosions de gaieté à faire sourire un damné. Nous écoutons un instant leur bavardage composé en grande partie des récits de galantes aventures. Le plus jeune racontait une histoire dont le dénouement avait eu lieu devant lui.

La veille, il avait été chargé d'escorter jusqu'au train les hommes qui partaient en congé.

Pendant que les militaires s'entassaient dans les wagons avec leurs valises ou leur paquet de hardes enveloppé d'un grand mouchoir rouge, plusieurs hommes étaient encore hors des wagons embrassant celles qu'ils laissaient, quand tout à coup à l'extrémité du quai éclatèrent des sanglots suivis de cris retentissants et plaintifs qui dominèrent le tumulte des conversations.

Pendue au cou d'un militaire, une servante émue sans doute par le souvenir trop apparent de leur amour, avait été prise subitement de douleurs d'entrailles.

Le soldat, sur l'ordre de l'officier, avait dû regarder partir sans lui le train d'où quelques joyeux compagnons le félicitaient de ce *vergiss mein nicht* imprévu.

— Bravo! Fritz, criaient les autres officiers en riant, bravo! tu es le modèle des défenseurs de l'orphelin!...

La société messine reste complètement fermée à l'élément immigré, aussi le Français qui revient à Metz revoir ses compatriotes n'a-t-il pas à redouter, en acceptant une invitation à une soirée, d'y faire la rencontre d'un Allemand et pas plus celle d'un fonctionnaire civil que celle d'un militaire.

Tandis que les fonctionnaires fréquentent le café précédemment nommé *Germania*, et que les officiers se rendent au casino militaire, le Prussien de bas étage gagne la *brasserie Müller* ou le *Kloster-Keller;* les soldats dansent dans les cabarets comme *Bavaria* et *Zum Sterne*. Les Messins se réunissent soit au café Turc, soit au cercle messin établi rue des Clercs.

Je viens d'écrire *cercle messin* et je rectifie en écrivant « *casino de Metz* ». Ce cercle avait été fermé en 1883 par le président de la Lorraine au moment des poursuites contre M. Antoine. En mars 1884, on avait obtenu l'autorisation de rouvrir, mais sous le titre de *casino de Metz* et à condition d'exclure du cercle tout étranger, c'est-à-dire les Messins qui avaient opté et qui revenaient chaque année au pays.

Nous ajouterons que les Messins ont aussi comme lieu de réunion le théâtre où, à de rares intervalles, on joue des pièces françaises avec des interprètes racolés un peu partout et en particulier sur les petites scènes de Belgique,

3.

vu que le passeport est refusé aux acteurs
français. J'ai vu dans bien peu de théâtres la
mise en scène aussi mal soignée qu'au théâtre
de Metz, actuellement, et du moins pour ce
qui regarde les pièces françaises. C'est encore
plus que ne méritent les protestataires, s'écrient
les Allemands ; et M. Lanique aura beau
faire entendre de nouveau ses réclamations au
conseil municipal, l'administration en fera
plutôt moins que plus. Il est à noter aussi
que les représentations françaises ont lieu bien
moins souvent que les allemandes, bien que
la subvention de la ville soit fournie en grande
partie par les contribuables français.

Les vexations de ce genre contribuent plus
que quoi ce soit à maintenir la frontière entre
les deux peuples qui habitent à Metz...

Chaque année, le 7 septembre, les habitants de Metz, fidèles à la religion du souvenir, se réunissent avec piété sous les voûtes
de leur vieille cathédrale ; cette date est
pour eux l'anniversaire du service célébré la
première fois le 7 septembre 1871 à la mémoire des soldats français tombés pour la
défense de la forteresse ; c'est aussi la date

inoubliable de l'annuel pèlerinage fait au
monument érigé à la gloire de ces vaillants
martyrs. Nos braves compatriotes vont avec
foi et patriotisme se ranger autour du cata-
falque chargé de cierges et orné de couronnes ; et là, en priant avec calme et recueille-
ment pour les soldats morts ils affirment
toujours leur ancienne protestation.

Les femmes de Metz, déjà si dévouées à
nos soldats dans les ambulances, à l'imitation
de leur sœur lorraine, l'immortelle Jeanne
d'Arc, avaient résolu de faire célébrer chaque
année ce service pour le repos des âmes des
militaires. En communion d'idées avec ces
généreuses Messines, Mgr Dupont des Loges
établit une fondation qui assure pour toujours
la célébration d'un service pour les soldats
français tombés sous les murs de Metz.

A l'issue de la cérémonie religieuse la foule
se rend soit à pied, soit en voiture, au cimetière Chambière, accomplir son pèlerinage
au monument élevé à la mémoire de nos soldats.

Le 7 septembre 1889, j'avais pu assister à
ce triste anniversaire ; je ne pus me défendre

d'un profond sentiment de tristesse quand, le dernier écho des chants liturgiques une fois mort dans la nef, la mutte, dans un glas solennel, se mit à redire sa plainte comme elle avait fait dix-huit ans auparavant.

Durant le trajet de la cathédrale au champ des morts, je me reportais au 7 septembre 1871 ; je revoyais encore cette foule compacte d'hommes de tout rang, de tout âge, sans distinction de religion, se rendant en silence au cimetière à la suite de son vénérable évêque, Mgr Dupont des Loges, et de son regretté maire, M. Bezançon, qui la précédaient à pied.

..... Nessun maggior dolore
Che ricordarsi del tempo felice
Nella miseria.....

a dit Dante, et cependant, malgré moi, devant l'entrée du cimetière je me reportais au mois de septembre 1870, et je revoyais encore les tentes de ces braves chasseurs à cheval campés là, à cette époque. J'étais alors encore un enfant quand, tout en tenant la main de mon père, je regardais avec curiosité l'un de ces braves s'en allant à pied, la carabine en bandoulière, vers la côte Saint-Julien ; il criait à un compagnon :

« Il paraît que l'on se canarde là-bas, je vais voir s'il n'y a pas moyen d'en dégoter quelques-uns ! » A cette heure-là, qui eût parlé de reddition eût été traité de fou, et encore bien plus celui qui aurait voulu prédire l'annexion... !

Si la délicatesse des sentiments et l'amertume des regrets se reconnaissent à la manière d'orner les tombes, Metz occupe une des premières places parmi ceux qui se souviennent des morts ; le monument principal et les tombes environnantes disparaissent sous les fleurs et les couronnes.

Aux abords de ce dernier asile de tant de soldats une impression de tristesse vous mord le cœur ; ces quelques pierres tassées là pour raconter l'histoire d'une grande bravoure autant que pour témoigner des sentiments indéracinables de la cité produisent une émotion difficile à contenir. Les yeux se reposent sur ce sol sacré comme sur une terre française en dépit des traités. La solitude y respire le respect attaché aux temples de la divinité, et

quand le vent bruit à travers les couronnes
appendues à ce tabernacle de l'héroïsme, on
ne peut pas ne point songer au classique :
« Passant, va dire à Sparte que nous sommes
morts ici pour obéir à ses saintes lois. »

Immense est la fosse où reposent les restes
de la masse d'officiers et de soldats français
qui n'ont pu être reconnus et obtenir une
sépulture particulière. Je voyais en 1889,
comme si nous étions encore dans l'année terrible, les tombereaux noirs et fermés par un
couvercle arriver près de la fosse sans autre
escorte que le charretier. On alignait les
cadavres au fond du trou, on les recouvrait
ensuite d'un lit de chaux qui les détruisait,
pendant qu'un nouveau rang de cadavres venait se superposer au précédent.....

Après s'être faites sœurs de charité auprès
de nos soldats dans les ambulances, les femmes
de Metz ont voulu élever un souvenir à l'armée
du Rhin.

Le monument, véritable œuvre d'art, est
haut de douze mètres ; il se compose d'un
soubassement surmonté d'une haute pyramide
couronnée d'une urne cinéraire. Sur les quatre

faces du soubassement sont percées des ou-
vertures dans lesquelles viennent s'engager
des cercueils empilés au-dessus desquels on a
sculpté les armes de la ville de Metz. La base
de la pyramide repose sur un socle ; les dames
de Metz y ont mis des inscriptions où la postérité pourra lire leur profond regret de la
France et leur indéniable attachement à cette
chère patrie.

Sur la face principale on lit ces mots gravés sur la pierre du monument : « *Metz aux
soldats français morts sous ses murs pour la défense de la patrie. — Les femmes de Metz à ceux
qu'elles ont soignés.* » Au-dessus est placé un
bas-relief en marbre blanc représentant la religion et surmonté d'une croix d'honneur dans
une cocarde aux couleurs de France. A droite
et à gauche sont taillées les dates inoubliables :
Borny, 14 août 1870 — Gravelotte, 16 août —
Saint-Privat, 18 août — Servigny, 31 août —
Peltre, 27 septembre — Ladonchamps, 7 octobre.

Sur la face opposée — au-dessous de l'en-
tête : à la mémoire des 7,203 soldats français
morts aux ambulances — est tracé le verset

suivant, empreint de tout ce que le sentiment peut concevoir de plus délicat et de plus noble : « *Nous les avons aimés dans leurs souffrances, que notre compassion les suive après leur mort. Ils moururent en laissant dans le souvenir de leur mort à toute la nation un grand exemple d'intrépidité et de dévouement.* »

Sur la face tournée vers la ville on lit encore cet autre cri funèbre tiré du livre des Macchabées : « Malheur à moi ! fallait-il naître pour voir la ruine de mon peuple, la ruine de la cité et demeurer au milieu d'elle pendant qu'elle est livrée à l'ennemi. »

Sur le quatrième côté est taillée cette phrase consolante de saint François de Sales : « Ils ont fini leurs jours mortels en leurs devoirs et en l'obligation de leurs serments ; cette sorte de fin est excellente, il ne faut pas douter que Dieu la leur ait rendue heureuse ; » ou encore cette pensée de Mgr Dupanloup : « Ils partirent laissant là le repos, la sécurité, leurs familles, la patrie, leurs mères, leurs sœurs, tout ce qui attache le cœur sur cette terre..... ils furent à la fois des héros et des martyrs. »

Chaque année, au commencement de septembre, les femmes de Metz, fidèles à leur tâche volontaire, vont orner les tombes isolées sur les champs de bataille et porter à ces héros un hommage de leur cœur ; et le 7 septembre, ces pieuses Messines viennent déposer sur le monument de Chambière de nouvelles couronnes et des guirlandes plus fraîches. Tous les ornements sont disposés avec un goût remarquable, un arrangement ingénieux, où brille l'exquise délicatesse comprise par tous et qui fait le plus grand honneur à celles qui ne cessent de se dévouer avec une sollicitude si méritoire à l'entretien de ce calvaire.

Au centre et sur la face principale du tombeau sont disposés de gros bouquets d'immortelles d'où part un long crêpe qui enlace maintes couronnes protégées par un cadre de verre où on lit par exemple : « A nos frères d'armes, 1870 » ; « Félix Grand de Limoges, chasseur à pied au 1ᵉʳ bataillon, blessé à Servigny le 30 août; mort à 27 ans » ; « Auguste Meunier, soldat au 10ᵉ de ligne, tué à Saint-Privat » ; « Souvenir du dernier blessé de Metz à ses frères d'armes, 1870. »

Il y a là une belle couronne qui attire surtout les yeux, on y lit : « *Souvenir de Paris, aux enfants de la France.* »

Sur la gauche du monument flotte un drapeau noir avec l'inscription suivante : « *Aux enfants de la France morts pour la défense de la patrie.* »

Il y a des fleurs à profusion sur les nombreuses tombes qui environnent le monument; par-ci par-là une inscription allemande : « *Hier ruht ein tapferer Krieger* (ici repose un brave) », se rencontre parmi les épitaphes françaises, et l'âme murmure avec Lamartine :

Là toute inimitié s'efface sous la pierre ;
Le dernier souffle éteint la haine dans les cœurs ;
Tout rentre dans la paix de la maison dernière,
Et le vent des vaincus y mêle la poussière
A la poussière des vainqueurs.....

En parcourant ces inscriptions, on en rencontre quelques-unes dues à la piété des familles, tandis que d'autres sont communes aux soldats d'une même arme. Il y en a qui portent simplement le numéro du régiment: d'autres disent plus, comme celle-ci : « *Abel Hervo, 20 ans, étudiant en droit, volontaire au 1er de ligne, blessé à Gravelotte; enfant de*

*la Bretagne, il est mort victime de son dévoue-
ment.* »

A quelques pas du monument principal un
tombeau est érigé à la mémoire des officiers ;
c'est un piédestal sur lequel se tient assise une
Minerve le bras enveloppé d'un grand crêpe ;
sur les parois du socle on a taillé plusieurs
listes de noms.

Jusqu'en 1877, toutes ces tombes étaient
ornées de minuscules drapeaux tricolores !

Devant ces cendres des victimes de la
grande tuerie de 1870-71, l'esprit trouve une
consolation à la mélancolie dans le sentiment
final du discours prononcé par Mgr Du Pont
des Loges, dix-huit ans auparavant, à l'inauguration de ce mausolée : « L'ESPÉRANCE !.....
je m'arrête à ce mot, il est si doux. » L'ima-
gination se prend alors à ressusciter la grande
vision d'Ezéchiel, et songe à ce vaste champ
d'ossements arides qui peu à peu se relèvent,
s'agitent, se cherchent, reprennent leurs chairs
et leurs couleurs, et n'attendent plus que la
grande voix pour leur souffler l'esprit de vie
et en faire une armée d'innombrables soldats
rangés en bataille.....

CHAPITRE II

La municipalité, ses conflits avec l'autorité allemande.
— La police. — Les journaux. — La situation religieuse. — Les écoles.

Dès avant 1552, la véritable souveraineté à
Metz appartenait aux magistrats de la ville.
Ces édiles cherchaient à affaiblir de toute façon
les liens qui rattachaient la cité à l'empire.

Après l'annexion de Metz en 1871, la municipalité dut lutter comme ses ancêtres pour
résister aux velléités d'absorption du gouvernement prussien et pour conserver ses anciennes franchises.

Les tracasseries du gouvernement furent
aussi mesquines qu'odieuses. Il s'attaqua
tout d'abord aux uniformes des employés de
l'octroi, exigea que ces hommes portent
comme coiffure une casquette à visière sur-

montée d'une cocarde aux couleurs de l'empire. Les pompiers, par une sorte de transac-
tion, obtinrent de conserver non pas le grand
uniforme des sapeurs français, mais du moins
la veste de petite tenue. En même temps
qu'elle résistait à faire endosser l'uniforme
prussien, la municipalité était obligée de défendre ses droits sur la cathédrale contre les
empiètements du gouvernement, et devait
s'imposer de lourds sacrifices pour installer,
contre son gré et celui de la population, des
écoles laïques en remplacement des écoles
congréganistes.

Tout ceci n'était que de l'eau de rose auprès
de l'acte dictatorial de 1877 qui exigeait le
remplacement du maire choisi dans le conseil
municipal par un administrateur étranger au
pays. Tout le conseil municipal eut beau se
réclamer des termes de la loi, le président de
la Lorraine décida arrogamment que la municipalité n'avait point à s'occuper de savoir
si la décision était conforme ou non à la loi.
En cette occasion comme en une foule d'autres
la loi française et la loi allemande étaient en
présence; dans le cas présent la loi allemande

donnant tort à la municipalité c'est la loi
allemande que l'on invoqua, comme en d'autres
cas on s'appuyait sur la loi française pour
frapper nos compatriotes.

Quelques exemples de ces faits pouvant in-
téresser le lecteur, je rappellerai que les cris
séditieux (Vive la France, etc.) proférés en
Alsace-Lorraine sont punis d'après une loi
française du 25 mars 1822, les lois allemandes
ne permettant pas sans cela la répression de
certains délits. C'est en vertu d'une loi française de germinal 1802 que les processions
ont été interdites en Alsace-Lorraine, tout
comme certains journaux ont été supprimés
par la loi sur la presse du 27 juillet 1849. En
1885, M. Rothan était expulsé d'Alsace-Lorraine en vertu d'une loi française du 3 décembre 1849 concernant le séjour des étrangers
en France ; aujourd'hui on exige le passeport des Français pour pénétrer en Alsace-
Lorraine, en vertu d'une loi française des
2 octobre 1795 et 19 octobre 1797. C'est encore d'après l'article 6 de l'ordonnance du
16 décembre 1843 que le directeur de l'arrondissement de Sarrebourg (Alsace-Lorraine)

notifiait en 1889 aux maires des communes
où l'allemand est obligatoire de ne plus tolérer d'inscriptions funéraires dans une autre
langue que l'allemand.

A propos du conflit surgi en 1877 entre la
municipalité messine et le gouvernement allemand, il est à remarquer que c'était simplement une revanche de l'autorité berlinoise
contre l'opiniâtreté des Messins à protester.
Cet administrateur était un maire de carrière,
aussi la nouvelle loi des maires votée en
juin 1887 n'atteignait-elle la ville de Metz
qu'indirectement, puisque cette commune
n'existait plus de fait.

Plusieurs membres du conseil municipal,
et parmi eux M. Antoine, démissionnèrent pour
protester contre l'arrêté du gouvernement.

Pour donner une idée de l'époque choisie
par l'autorité prussienne pour installer son
administrateur il faut citer les plaintes qu'une
délégation du conseil municipal venait d'ex-
primer à M. le président d'Alsace-Lorraine :

« Mandataires du conseil municipal de Metz
« nous venons exposer à votre Excellence la
« situation vraie d'une ville qui nous a confié

« le soin de défendre à la fois ses intérêts et
« ses droits.

« Florissante jadis, Metz est aujourd'hui la
« plus éprouvée de toutes les villes d'Alsace-
« Lorraine : avec sa population amoindrie
« son ancienne prospérité décroît tous les
« jours, et si les charges toujours croissantes
« qui pèsent sur elle ne sont pas allégées, il
« n'est que trop facile d'entrevoir les consé-
« quences qu'elles devront fatalement entraî-
« ner... Nous avons fait ressortir ensuite
« l'élévation des contributions foncières, per-
« sonnelles, mobilières, des portes et fenêtres
« et des patentes qui ne sont plus en rapport
« avec le chiffre de la population actuelle, et le
« nombre déplorable des logements vacants
« qui dépasse *3000* ; la situation de notre com-
« merce, de notre industrie ne témoigne que
« trop éloquemment de la justesse de nos
« réclamations. »

En mai 1877, un nouveau conflit éclata
entre le conseil municipal et l'administrateur
allemand, au sujet du voyage de l'empereur
Guillaume Ier à Metz. L'administrateur, avec
un certain manque de tact, avait proposé aux

conseillers de voter une somme destinée à couvrir les frais de la réception à faire à l'empereur. Le conseil ne témoigna pas son refus par un vote tapageur, mais sans aucune discussion, marquant ainsi par le silence la tristesse qui dominait les esprits des conseillers et le profond regret d'avoir été placés dans une position aussi délicate. Quelques jours après, une affiche signée par un comité provisoire était apposée sur les murs de la cité, et invitait les habitants *bien pensants* à se réunir à l'hôtel de ville à l'effet de s'entendre sur les mesures à prendre pour la réception de l'empereur. L'affiche disait : « Le conseil municipal ayant refusé avec *ostentation* de voter les 5,000 francs demandés, etc. »

A dater de septembre 1881 l'administrateur de la mairie remplissait les fonctions de directeur de la police avec des appointements de 11,700 marks, mais le gouvernement n'en était pas au début de ses usurpations en matière de police. Avant l'annexion, c'était la ville qui par ses employés faisait respecter la propreté des rues et avait la propriété complète de la voie publique, à l'exception des

4

principales artères considérées comme routes
domaniales ; après l'annexion tout cela fut
changé et la police de la ville fut complètement entre les mains des Allemands et aux
frais de la caisse municipale. Mais si à cette
époque le gouvernement en agit ainsi avec
la municipalité, on en pouvait augurer des
mesures plus rigoureuses pour l'heure où des
Allemands feraient partie du conseil municipal comme il arriva en 1881. Même pour les
choses les plus simples, l'État cherchait à em-
piéter sur les droits de la cité, c'est ainsi que
en 1883, se terminait un différend engagé depuis 1879 entre la municipalité et l'État à
propos d'un restaurant établi sur l'Esplanade.
D'après un accord passé entre la ville et l'État,
la ville ne devait être troublée dans la jouissance de cette promenade que dans le cas où
les besoins du service viendraient à l'exiger, et
l'établissement d'un café ne pouvait guère
être considéré comme un besoin du service.
Le Prussien nommé administrateur de la mairie y vit au contraire un besoin du service
« vu que l'élément militaire est sans contre-
dit la partie la plus noble et ayant reçu la

meilleure éducation de toute la population... »

On a pu le constater, le conseil municipal, loin d'être soutenu par l'administrateur pour défendre les intérêts de la cité contre les empiétements du gouvernement, le trouvait au contraire dans les rangs de ses adversaires.

La conséquence d'une telle conduite ne se fit pas attendre. Les conseillers municipaux furent bientôt attaqués dans leur honorabilité par les employés de la mairie dont le but était de les discréditer dans l'opinion publique en vue des élections municipales. Cette agitation dura pendant quinze mois avant que l'administration de la mairie tentât sérieusement d'y mettre un frein ; plusieurs membres du conseil municipal durent démissionner pour amener le président de cette assemblée à prendre une détermination. M. l'administrateur promit cependant d'infliger un blâme, tandis que plusieurs révocations s'imposaient. En d'autres termes, le pouvoir imposé refusait satisfaction au pouvoir élu, aussi y a-t-il un double honneur pour les braves citoyens messins que leurs électeurs envoient siéger au conseil municipal.

LA POLICE

La police est un des principaux rouages de l'administration allemande dans les pays annexés ; et il n'y a donc pas lieu de s'étonner que l'administrateur de la mairie ait occupé en même temps le poste de directeur de la police. Les différents commissaires étudient les tendances des habitants et sur leurs rapports l'administrateur prend des arrêtés qui sont exécutoires.

La police fonctionne en Alsace-Lorraine sur le modèle de celle de Berlin.

En 1888, M. Schœne, commissaire de police de Berlin vint passer quelques mois en Alsace-Lorraine afin de donner aux agents de la police politique quelques instructions devenues nécessaires à la suite du dernier procès de haute trahison. L'activité de cette police se manifeste continuellement aussi par le cabinet noir, surtout quand il s'agit de correspondances venant de France. D'ailleurs, cette police allemande s'exerce en même temps sur les départements français les plus proches où elle donne libre carrière à son espionnage. Ces places sont occupées par d'anciens sous-officiers et en général par toutes les capacités sans emploi.

Quant à la police municipale, elle s'attaque plus particulièrement à ceux de nos compatriotes qui ne se courbent pas assez devant la suffisance du policier.

La brutalité est de règle, et pour toute réponse à votre rhétorique, on vous fait siffler autour de la tête les lanières d'une bonne trique dissimulée sous l'uniforme.

Un dimanche, vers midi, nous nous trouvions à table avec quelques amis quand, dans le voisinage, se firent entendre des cris plaintifs et déchirants. Nous nous interrogeons une seconde du regard et à l'unanimité nous pensons : on assassine quelqu'un. Nous dégringolons les escaliers ; arrivés dans la rue, nous hésitons sur le point où nous devons porter secours quand, au détour de la rue, nous voyons un petit rassemblement de personnes qui se tiennent à distance respectueuse d'une

4.

porte cochère fermée. Nous nous informons auprès des spectateurs de ce qui se passe, car les cris redoublaient affreux et suppliants. Dans la maison se trouvait le bureau de police de la section ; des agents venaient d'y amener un homme qu'ils maintenaient étendu sur un matelas, tandis que d'autres le rouaient de coups de fouet.

Tout commentaire serait superflu, et cependant que penser d'un peuple à pareilles mœurs quand il nous traite de sauvages à toute occasion, surtout au moment de l'ouverture de notre dernière Exposition ?

LA PRESSE

Dans une étude sur la presse allemande publiée tout récemment par la *Century Review*, M. Bamberger constate que la presse en Allemagne est restée une arme redoutable aux mains du gouvernement plutôt qu'au service des partis de l'opposition. Ce qui se comprend facilement si l'on songe qu'il faut compter avec une législation qui rend presque impossible la discussion des affaires publiques avec quelque sécurité, si ce n'est au Reichstag.

La presse d'Alsace-Lorraine sous ce rapport est encore moins favorisée que celle des autres États de l'empire allemand. Elle est, en effet, privée des renseignements de certains journaux étrangers qui sont complètement interdits en Alsace-Lorraine et parmi lesquels plusieurs journaux parisiens, et en vertu d'un décret datant de février 1852, quiconque introduit ces journaux est puni d'un emprisonnement d'un mois à un an et d'une amende de 100 à 5,000 francs.

Une autre vexation encore, c'est de faire passer à la censure tout journal français, ce qui cause un retard pour la réception des informations, et les nouvelles ne sont alors plus très fraîches quand les feuilles messines peuvent les communiquer à leurs lecteurs. Parfois, sous prétexte d'aller à la censure de Strasbourg, les journaux de provenance gauloise demeurent indéfiniment dans les bureaux de la poste.

Parmi les journaux du pays messin, trois

sont rédigés en langue française : *La Gazette
de Lorraine*, *Le Petit Messin* et *Le Lorrain*.

La Gazette de Lorraine est l'organe français
des intérêts du gouvernement allemand.

Le Petit Messin, ainsi que le jugeait la
Gazette de Francfort, « a des tendances qui
ne sont pas bien clairement démontrées ;
néanmoins, on a pu remarquer que le but
qu'il poursuit est dans le sens d'une politique
allemande libérale, bien que présentée avec
timidité. Dans certains cercles, on préférerait
que cette politique fût affirmée d'une manière
plus franche et plus ouverte ».

Le Lorrain est un journal clérical, mais tout
à fait adonné à la sauvegarde des intérêts de
nos compatriotes annexés. Il lui est interdit
de toucher à certaines questions et c'est peut-
être là une des raisons pour lesquelles il est
complètement muet sur certains faits ou en
parle avec ambiguïté ; aussi serait-on tenté de
s'insurger contre cette rédaction si l'on ne
savait qu'elle agit au mieux des intérêts messins.

Parmi les feuilles rédigées en allemand et
en adoration devant le gouvernement de

Strasbourg, il faut citer tout spécialement la *Lothringer Zeitung* et la *Metzer Zeitung*. Nous pouvons dire de ces deux journaux qu'ils s'escriment à prodiguer les insultes à nos compatriotes et à les attaquer dans leurs souvenirs et dans leurs traditions.

La presse, en Alsace-Lorraine, est à la merci du fameux article 2 de la loi organique de 1879 dont elle réclamait la suppression. Les journaux des pays annexés vivent sous la dernière loi de la presse française sous Napoléon III, loi assez libérale, nul ne le contesterait, si elle n'était bridée par la faculté que possède le *statthalter* de supprimer les journaux existants ou d'autoriser la fondation de nouveaux, ou encore de refuser cette autorisation comme il est arrivé à M. Antoine pour son journal projeté *Metz*.

Les conditions imposées aux journaux par M. de Hohenlohe sont moins libérales que celles dictées par M. de Manteuffel à son élévation au poste de *statthalter*. Les journaux indépendants, disait feu le maréchal, peuvent se mouvoir librement sur le terrain des questions locales et étrangères, le gouvernement

ne met aucune entrave à la discussion même
serrée et vive des affaires administratives de
l'Alsace-Lorraine et de l'Allemagne. Cette
liberté d'allure ne s'arrête que devant une
seule barrière : il est interdit de mettre en
question le traité de Francfort et le fait de
l'annexion. C'est là une condition *sine quâ non*
de l'existence du journal. » M. de Hohenlohe
au contraire, au début des élections de 1887,
supprime complètement le *Moniteur de la
Moselle* pour avoir publié la profession de foi
de M. Antoine avant d'avoir obtenu l'autorisation de l'autorité. Comme c'était le seul
journal qui défendît à Metz la candidature de
M. Antoine, on a tout lieu de supposer que le
gouvernement espérait ainsi mettre en échec
la candidature du député de Metz.

Le pouvoir dont est armé le *statthalter* met,
sous un aspect de libéralisme, des entraves
constantes à la liberté de la presse. Quand
M. de Hohenlohe interdit de critiquer l'administration, la presse n'a qu'à obéir. Aussi,
qu'arrive-t-il? Quand la presse est amenée
parfois à approuver telle mesure de l'administration, cette approbation revêt aux yeux des

lecteurs un caractère qu'elle emprunte précisément à l'état dans lequel l'article 2 place les
journaux. Les lecteurs n'attachent qu'une mé-
diocre importance à une approbation donnée
dans de pareilles conditions, et quand la presse
se garde de juger telle mesure, le lecteur ne
peut s'expliquer ce silence que par le fameux
article 2. Sous ce rapport, d'ailleurs, le gouvernement se nuit énormément, car la population
est portée à voir partout matière à critique.

M. Bamberger écrit encore dans la *Century
Review:* « Toujours est-il que le ton de la presse
allemande est trop souvent hargneux et mécontent. » Ce jugement est largement justifié par
l'attitude des journaux officieux à Metz. Aucun
lecteur ne s'étonnera donc en apprenant,
qu'à la publication de l'ordonnance du 22 mai
1888 relatif à l'obligation du passeport, la *Metzer Zeitung* qualifiait cette publication de
« nouvelle de tout premier ordre et grande-
« ment réjouissante, » puis continuait sur un
ton dithyrambique : « Et, de fait, il était grand
« temps. Tous les Allemands et spécialement
« ceux qui vivent en Alsace-Lorraine, sauront
« gré au gouvernement de ne pas s'être re-

« fusé davantage à reconnaître cette vérité et
« d'avoir procédé avec l'énergie qui caracté-
« rise l'ordonnance dont nous donnons ci-des-
« sus le texte. En présence de l'état de bar-
« barie (*sic*) qui règne dans le pays de nos
« voisins de l'ouest, chez qui le fait seul de
« sa nationalité, comme de récents événements
« le démontrent, suffit pour motiver l'expul-
« sion d'un Allemand, qu'on se représente la
« conduite de l'Allemagne qui laisse vivre en
« dedans de ses frontières d'innombrables
« Français sans les léser dans leurs intérêts, et
« les laisse profiter de la protection complète des
« lois allemandes. Cette conduite répond à la
« conception allemande de la civilisation. Mais,
« vu les provocations récentes et continuelles
« de la France, il a fallu se poser la question
« s'il était compatible avec l'honneur de l'Al-
« lemagne et les intérêts de ses nationaux de
« tolérer la continuation de cette différence
« de traitement entre les Allemands qui sé-
« journent en France et les Français domici-
« liés en Allemagne. Nous sommes certains,
« en répondant catégoriquement non à cette
« question, de rester d'accord avec les lois du

« droit international qui nous sont sacrées...

« On a dû procéder par des représailles,
« de notre côté. Nous nous réjouissons que
« cela ait été fait d'une manière si radicale et
« qui exclut tout malentendu. »

Pour ne rien omettre sur le compte de la
Metzer Zeitung, nous présentons aux lecteurs
un autre article du même cru à propos de la visite du prince impérial : « Des cercles les plus
« divers de nos lecteurs nous avons reçu des
« témoignages extraordinairement nombreux
« et concordants, d'un mécontentement pro-
« voqué par la conduite maladroite et dépour-
« vue de tact, pour ne pas dire plus, d'un cer-
« tain nombre d'habitants des rues qui for-
« maient la *Via triumphalis.*

. . . .

« En particulier, on se plaint vivement de la
« conduite significative des commerçants qui
« vendent le plus à la clientèle allemande. Eh
« bien ! si les Allemands de Metz ne sont pas
« d'avis de ne pas laisser impunis de sembla-
« bles manques de convenances, chacun sait ce
« qu'il a à faire ou à laisser... »

La *Lothringer Zeitung*, autre feuille alle-

5

mande, faisant chorus avec la *Metzer Zeitung*, se distingue par son acharnement à attaquer les honorables représentants du pays au *Landesausschuss* ou *délégation provinciale*. Tous ses articles suent la rage de voir le pays messin représenté par des députés indépendants, qui sont loin de se traîner aux pieds des rédacteurs du journal officieux pour y déguster les élucubrations de ces messieurs et sortir de là coiffés de leurs inspirations anti-lorraines. Il est bon d'ajouter que nos honorables compatriotes répondent par un profond mépris aux appréciations fausses et mensongères de tous les plumitifs de cette officine. Le journal en question a la spécialité des attaques violentes contre des hommes dont le dévouement à la chose publique est incontestable et qui sont dignes, sous tous les rapports, de la confiance dont ils sont investis.

Cette presse reptilienne, comme il a été indiqué, est représentée par une feuille rédigée en français et dont le titre est : *Gazette de Lorraine*. Elle espérait, sous le couvert de notre langue, se faire accepter plus facilement des lecteurs des campagnes et leur inoculer ainsi le germanisme, mais elle en a été pour ses frais jusqu'ici. Mieux douée que sa congénère la *Metzer*, elle a deux spécialités, la première consiste à surveiller et à attaquer en général tous les anciens Messins qui, ayant élu séjour en France après l'option de 1872, reviennent à certaines époques dans les pays annexés où les appellent des affections de famille et les intérêts de fortune. Pour son début en ce genre, elle avait attaqué M. de Bouteiller, ancien adjoint au maire de Metz. Le vrai but de cette feuille est d'éclairer le gouvernement sur les menées des Français en Alsace-Lorraine, et elle n'a pas peu contribué à l'interdiction de la frontière d'Alsace-Lorraine. A côté de cela elle excelle non moins dans les attaques continuelles contre le catholicisme, mais surtout en temps que le catholicisme est la religion de la majorité des annexés. A-t-elle assez fulminé contre l'obscurantisme à l'époque où M. de Bismarck expulsait de Metz les frères des écoles chrétiennes ; c'est alors qu'elle lança la fameuse phrase : « Plutôt pas d'instituteurs que des instituteurs congréganistes. » Le rédacteur en chef est un belge *prussianisé*. Exaspérée par sa profonde horreur des Français, elle avait trouvé en 1875, pour prouver la nécessité de la suppression des processions, un argument du dernier ridicule en affirmant que les jeunes filles portaient des bouquets bleus, blancs, et rouges. Le *Lorrain*, journal françias de sentiments et de langue tout autant que clérical, rompit de nombreuses lances avec la *Gazette de Lorraine* en faveur du patriotisme et de la religion de la majorité des Messins. Pour bien comprendre cette lutte, il faut jeter les yeux sur la situation religieuse dans le pays annexé. Sans qu'il soit nécessaire de remonter aux premières années de l'annexion, l'on constate journellement encore, en Alsace-Lorraine, que les gendarmes s'informent auprès des habitants de la façon dont il est fait mention de la personne du souverain dans les prières du prône et demandent des renseignements sur les sermons. Quelle est la raison pour laquelle l'autorité allemande fait exercer une pareille surveillance sur le clergé d'Alsace-Lorraine? C'est M. Mézières, un membre de la majorité républicaine de la Chambre française, qui nous en donne l'explication dans un arti-

cle paru jadis dans la *Revue des Deux Mondes*.
« Le clergé français, qui est resté au grand
« complet à son poste dans les provinces an-
« nexés, y forme un élément de résistance mo-
« rale que l'Allemagne aura de la peine à af-
« faiblir. Par suite de son caractère sacré, le
« prêtre échappe à l'action de l'autorité admi-
« nistrative. Comment enchaîner ses paroles,
« lui fermer la bouche lorsqu'il parle du haut
« de la chaire ? comment surtout empêcher
« que son patriotisme ne pénètre dans l'inté-
« rieur des familles sous le prétexte toujours
« si honorable des sentiments religieux ? Lui
« interdira-t-on d'entretenir ses auditeurs de
« ce que la France a fait pour l'Eglise, de pui-
« ser ses exemples de foi chrétienne et de ver-
« tus chrétiennes plutôt dans notre histoire
« que dans celle de la Prusse ? Les paroles les
« plus courageuses qu'on ait entendues dans
« l'Alsace-Lorraine depuis l'annexion ont été
« prononcées par des prêtres catholiques ou
« des pasteurs protestants. Partout où se réu-
« nissent des Français même pour prier, on
« ne peut pas les empêcher de représenter la
« France.

Au Reichstag allemand ce sont les prêtres
encore qui ont été les champions de la défense
des droits de l'Alsace-Lorraine. A toute occasion le clergé d'Alsace-Lorraine tient à honneur
de faire preuve de patriotisme, et en 1890 nous
voyons la moitié des sièges de députés alsaciens-lorrains au Reichstag occupés par des
prêtres. Et dès le début, à la tête de tous, en
1874, nous pouvions saluer le noble évêque
de Metz, Mᵍʳ Du Pont des Loges.

Si le gouvernement allemand voulait réprimer ce beau zèle, il lui serait facile de faire
usage de son habituel principe : La force
prime le droit. A cela nous ajouterons encore
avec M. Mézières : « L'administration alle-
« mande paraît du reste comprendre que toute
« mesure d'intimidation nuirait à ses desseins
« au lieu de les servir ; elle semble plutôt
« disposée à rechercher la faveur du clergé
« que de lui inspirer de la crainte. » Ce n'est
pas que le gouvernement de M. de Bismarck
n'ait pas tâté de l'intimidation en jetant les
prêtres en prison pour des paroles trop françaises, comme il est arrivé tout dernièrement
au curé de Vionville à qui on infligea plu-

sieurs mois de forteresse pour avoir fait chan-
ter le cantique :

> Nous voulons Dieu dans notre armée,
>   Afin que nos soldats
> En défendant la France armée
> Soient des héros dans les combats.
> Crions au nom de la France ;
>   Oui, Dieu le veut !

Ces condamnations sont infligées en vertu
de l'article 130 de la loi du 30 août 1871,
auquel le Reichstag en 1872 avait ajouté le
paragraphe suivant, sous le titre A :

« Tout ecclésiastique ou autre ministre de
« la religion qui dans l'exercice ou à l'occa-
« sion de l'exercice de ses fonctions aura
« publiquement devant une assemblée, dans
« une église ou dans un autre lieu destiné
« aux réunions religieuses, devant plusieurs
« personnes, pris les affaires de l'Etat comme
« sujet d'une prédication ou d'une interpréta-
« tion dangereuse pour la paix publique, sera
« puni d'un emprisonnement ou de la déten-
« tion dans une forteresse jusqu'à deux ans. »

Mentionnons rapidement : l'expulsion des
Jésuites, l'expulsion des Frères des écoles
chrétiennes, la suppression du pensionnat des

sœurs du Sacré-Cœur, la fermeture de l'établissement des jeunes ouvriers dirigé par M. l'abbé Risse, la saisie des mandements ou lettres pastorales de Mgr Du Pont des Loges, la suppression des processions, etc. Les actes de rigueur précités sont ceux qui ont frappé le clergé messin, mais il faut noter que le reste de l'Alsace-Lorraine n'a pas été plus épargné.

Le gouvernement ne fut pas sans s'apercevoir que les persécutions ne lui ralliaient pas le clergé français que la prison et les amendes n'avaient pas le don d'intimider.

> ..... Dieu prodigue ses biens
> A ceux qui font vœu d'être siens.

pensa M. de Bismarck, et pour amener le clergé d'Alsace-Lorraine à être sien, il essaya de lui prodiguer d'abord ses faveurs. Mais la flatterie pas plus que le martyre ne devait entamer la noblesse de caractère de nos prêtres alsaciens-lorrains. Qui ne se souvient en effet du retentissant soufflet par lequel Mgr Du Pont des Loges, le vénérable évêque de Metz, riposta à l'offre de la croix prussienne que voulait lui décerner l'empereur Guillaume Ier !

Il était donc préférable pour le gouvernement allemand de se résoudre à respecter la dignité du clergé alsacien-lorrain trop attaché à ses souvenirs que pour donner prise soit aux adulations soit, aux vexations.

Cependant, tout en gardant définitivement la neutralité entre protestants et catholiques, le gouvernement d'Alsace-Lorraine a augmenté le traitement du clergé. Dans le budget de l'Alsace-Lorraine, les traitements à payer sont : 1° aux chanoines, 2,750 francs ; 2° aux curés de première classe âgés de plus de soixante-dix ans, 2,500 francs ; à ceux âgés de soixante à soixante-dix ans, 2,375 francs ; à ceux d'un âge inférieur à soixante ans, 2,250 francs ; 3° aux curés de deuxième classe âgés de plus de soixante-dix ans, 2,325 francs ; à ceux âgés de soixante à soixante-dix ans, 2,000 francs ; à ceux d'un âge inférieur à soixante ans, 1,875 francs ; 4° aux desservants âgés de plus de soixante-quinze ans, 2,000 fr. ; de soixante-dix à soixante-quinze ans, 1,875 fr. de soixante à soixante-dix ans, 1,697 fr.50 ; de quarante à soixante ans, 1,500 francs ; jusqu'à quarante ans, 1,425 francs.

5.

Sur l'avis de l'autorité supérieure de la communauté religieuse à laquelle ils appartiennent, le ministère est autorisé à accorder une pension à vie sur le trésor de l'Etat aux curés catholiques, y compris les desservants, aux pasteurs protestants ainsi qu'aux grands rabbins et aux rabbins qui sont d'une manière permanente incapables de remplir leurs fonctions et qui, pour ce motif, prennent leur retraite.

Le desservant en France peut vivre difficilement avec son traitement de 900 francs et on le lui supprime encore quand il se jette dans la mêlée électorale, tandis que le prêtre en Alsace-Lorraine a la liberté des autres candidats à la députation, contraste frappant que n'a pas manqué de relever la *Metzer Zeitung* en disant : « Nous autres sauvages, nous sommes pourtant moins méchants. »

Contrairement aussi à la Chambre française de 1889, le parlement allemand a dispensé le clergé catholique de tout service militaire actif.

LES ÉCOLES

Contrairement encore à la décision prise
en France par la loi du 30 octobre 1886,
en Alsace-Lorraine le curé de la paroisse fait
de plein droit partie du conseil de l'enseignement primaire. Le gouvernement allemand,
dès le début de l'annexion, prit les mesures
nécessaires pour que l'on donnât au futur
clergé d'Alsace-Lorraine l'instruction qui doit
le rendre apte à faire partie du conseil de
l'enseignement. Les directeurs des petits sémi-
naires furent tenus, dès la rentrée de l'année
scolaire 1873-74, à se conformer à l'arrêté
du 10 juillet 1873 sur l'organisation des écoles
supérieures, c'est-à-dire à suivre le plan des
études adopté dans les gymnases d'Allemagne.
Le gouvernement refusait en même temps l'autorisation de l'enseignement à tous les congréganistes, hommes ou femmes, dont les maisons-
mères se trouvent en dehors de l'empire ; ce
qui s'explique facilement par la guerre achar-
née que l'on avait déclarée à la langue française. Le résultat de cette sorte de laïcisa-

tion se fit bientôt sentir : en 1879, le budget de la délégation provinciale avait une augmentation de 255,345 marks (le mark vaut 1 fr. 25) sur l'exercice précédent ; l'instruction publique seule avait une augmentation de 648,608 marks ce qui avait nécessité des diminutions sur d'autres points pour ne pas dépasser une augmentation totale de 255,345 marks. Le gouvernement germanisait et l'Alsace-Lorraine dut payer les frais.

En 1882, on créa à Strasbourg un conseil supérieur de l'instruction publique chargé de la direction et de la surveillance de tous les établissements scolaires supérieurs et inférieurs de l'Alsace-Lorraine, à l'exception toutefois de l'Université et des écoles professionnelles agricoles.

Les Allemands n'ignorent pas qu'ils n'ont pas d'autre action que la force sur les Alsaciens-Lorrains actuels, et pour préparer l'avenir, ils ont résolu de s'emparer de la jeunesse.

Dans les villages, les instituteurs, et tout particulièrement ceux d'origine française, sont l'objet d'une surveillance assidue de la part des inspecteurs primaires, et malheur aux pauvres maîtres s'ils s'écartent en quoi que ce soit du règlement allemand. Bien des instituteurs s'étaient adonnés à l'étude de l'allemand — et on ne peut que les en louer — pour empêcher la nomination des Prussiens dans leurs écoles. Leurs efforts ont eu la chance de résister quelque temps à l'envahissement germanique ; aujourd'hui l'autorité n'en veut plus. En automne 1889, on a mis un grand nombre de ces instituteurs à la retraite. Le gouvernement en a remplacé quelques-uns par des instituteurs sortis des écoles normales de Metz et de Strasbourg, et d'autres par des élèves des écoles normales de Prusse.

Les instituteurs mis à la retraite, disait l'arrêté, ne savaient pas suffisamment l'allemand pour répondre aux programmes élaborés en dernier lieu et qui tendent à hâter la germanisation du pays.

Cette germanisation par la suppression du français a lieu aussi bien dans les écoles secondaires que dans les écoles primaires. En automne 1883, les habitants de Metz et de Strasbourg adressèrent une pétition au maréchal Manteuffel à l'effet d'obtenir pour l'en-

seignement du français dans les gymnases le
même nombre d'heures consacrées auparavant
à cette étude ; on sait que les prescriptions de
juin 1883 ont abaissé à deux heures par semaine dans chaque classe, soit en tout dix-
huit heures, le temps réservé à l'enseignement
de la langue française.

Les Allemands ayant revendiqué l'Alsace-
Lorraine sous prétexte que les pays où l'on
parle allemand appartiennent à l'Allemagne.
ne veulent pas que la France ne soit un jour
autorisée à réclamer ce pays parce que l'on y
parle français.

Quelques-uns des nouveaux maîtres pous-
sent leur tyrannique germanisation jusqu'à
vouloir punir l'élève surpris à causer français
dans la rue. Le fait suivant nous a été rapporté par le père de l'enfant, ancien membre
de la délégation provinciale.

Un professeur de gymnase passait devant la
maison dont M. X... habite le rez-de-chaussée.
Le jeune fils de M. X... disait : Oui, maman,
aussitôt mon devoir fini, j'irai te retrouver
pour étudier mon morceau de piano.

— Comment, Louis, tu parles français malgré ma défense — dit une grosse voix par la fenêtre entre-bâillée — demain je t'apprendrai à me désobéir.

M. X... alla trouver le lendemain le maître en question pour lui demander depuis quand il était chargé de la police des ménages, mais l'enfant ne rentra ce jour-là dans sa famille que chargé d'un solide pensum mérité, cela va sans dire, pour un autre motif.

L'enseignement de l'histoire et de la géographie est aussi mis à profit pour le grand travail de la germanisation à outrance.

Ouvrons quelques volumes de géographie : D'après la 47e édition de Daniel, publiée en 1876, la France, au nord-est, a sa limite naturelle dans une ligne prenant son point de départ au plateau de Langres et se prolongeant par la chaîne de l'Argonne jusqu'à Calais. Un autre géographe, E. de Seydlitz, dans la 16e édition de sa *Schul-Geographie*, enseigne aussi que la véritable frontière de la France est au Pas-de-Calais, et insinue que le bassin de la Meuse et de l'Escaut se rattache à l'Allemagne.

Nous ne nous arrêterons pas à citer tous

les livres d'histoire distribués dans les écoles et dans lesquels le nom français est traîné dans la boue et la France représentée comme l'ennemie héréditaire, tandis que l'Allemagne y est décrite comme la nation la plus puissante et toujours adonnée à procurer le bien-être aux peuples, l'énumération serait trop longue. Comme complément, on exige que les enfants de l'Alsace-Lorraine célèbrent comme une fête la défaite de l'armée française à Sedan, le 2 septembre 1870.

La jeunesse d'Alsace-Lorraine reçoit d'ailleurs une autre instruction qui équilibre largement celle imposée par le gouvernement.

L'enfant, en rentrant de l'école au foyer paternel, trouve là dans un tiroir la photographie d'un soldat français ; c'est celle ou de son frère ou de son père, il la contemple sous toutes ses faces et si on l'interroge sur l'avenir, il répond : « Je veux être comme ça, moi ! » Ou bien il a devant lui son frère aîné qui a dû subir l'enrôlement là-bas au fond de l'Allemagne, et le frère aîné raconte tous les tourments et toutes les vexations infligés par le caporal ou l'officier prussien.

Si autrefois les feuilles reptiliennes éclataient
de rage devant le nombre des réfractaires en
Alsace-Lorraine représenté par le chiffre de
150,000, la loi française sur la nationalité du
28 juin 1889 rendra bien plus intense encore
le dépit de tous les lécheurs de bottes de
M. de Bismarck. Cette loi est appelée à exercer une grande influence sur le mouvement
d'émigration d'Alsace-Lorraine en France.
Jusqu'ici le gouvernement français n'accordait
pas le droit d'établissement aux Alsaciens-Lorrains nés en Alsace-Lorraine avant la guerre;
ces jeunes gens ne pouvaient pas davantage
s'engager dans un régiment français ou se
faire admettre dans une école militaire française, mais devaient s'enrôler dans la légion
étrangère. D'après la loi du 28 juin 1889, les
Alsaciens-Lorrains mineurs jouiront du même
privilège que les autres Français, à condition
qu'ils adressent au ministre de la justice une
demande approuvée par les parents ou les tu-
teurs.

La nouvelle loi française favorise encore
l'émigration des Alsaciens-Lorrains par la ré-
duction du service de cinq ans à trois ans.

Dans la pensée du gouvernement, le régiment devait compléter la germanisation commencée à l'école, et les officiers prussiens devaient parfaire l'œuvre de l'instituteur ; mais aujourd'hui ce dernier espoir croule devant la loi française. M. de Bismarck pourra redire bientôt avec plus de conviction encore qu'au 22 février 1871 les paroles que lui prête l'Allemand Busch : « *Pour un milliard de plus, je laisserais volontiers Metz à la France ; je n'aime pas de voir tant de Français dans ma maison !...* »

D'ailleurs, le grand-chancelier avait-il jamais pensé que l'Alsacien-Lorrain aimerait à étendre sa main sur le drapeau allemand pour y prêter comme les autres soldats de l'empire cet étonnant serment : « Moi, Y..., je jure devant Dieu « tout-puissant et omniscient que j'ai l'in- « tention de servir fidèlement et honnêtement « l'empereur Guillaume, dans toutes les cir- « constances, sur terre et sur mer, en temps « de guerre et en temps de paix, que j'ai l'in- « tention de travailler à son avantage et à son « salut, de détourner de lui tous les dangers, « de suivre exactement les instructions mili-

« taires qui me seront lues, les prescriptions
« et les ordres qui me seront donnés et de me
« conduire comme il convient à un soldat
« honnête, vaillant, et aimant l'honneur et le
« devoir. Que Dieu me soit en aide ! »

CHAPITRE III

Les élections depuis 1874 — Mgr Du Pont des Loges
M. Bezançon — M. Antoine — M. l'abbé Dellès.

Le trait dominant des élections en Alsace-
Lorraine, c'est le besoin instinctif de concorde
et d'union entre tous les hommes qui ont
gardé l'amour et le culte de la France. Il n'y
a qu'un mot pour dominer tous les intérêts
particuliers, et ce mot enchanteur est : France.
C'est le mot d'ordre aussi bien dans les élections au conseil général que dans les élections au Reichstag. Cette constance dans la
religion des souvenirs a fait l'admiration de
l'Europe entière, et, quand l'on songe que
M. de Bismarck ne tolère pas l'opposition à ses
volontés et tyrannise ceux qui se permettent
la résistance, on couvre de félicitations tout
à la fois et les élus et les électeurs. Mais les

élus ont droit plus particulièrement à notre attention, puisque ce sont les porte-drapeaux des revendications de nos compatriotes. Par suite du désistement de M. Antoine, l'arrondissement de Metz en est à son quatrième député ; quelques observations sur chacun d'eux diront qu'elle est la situation électorale dans le pays messin. Nous citerons chacun de ces députés d'après l'ordre dans lequel ils ont reçu leur mandat.

Élection de février 1874.

Mgr DU PONT DES LOGES

Mgr Du Pont des Loges a été quarante-trois ans évêque de Metz. Né à Rennes, le 11 novembre 1804 d'une ancienne et illustre famille de magistrats, Paul-Georges-Marie Du Pont des Loges entra de bonne heure au séminaire de Saint-Sulpice. Comme prêtre il fut attaché durant quelque temps à une grande paroisse de Rennes, de là il fut nommé aumônier d'un orphelinat de jeunes filles, et enfin vicaire général de Mgr Morlot, à Orléans. En 1842 le roi de France signait au château d'Eu

l'ordonnance qui nommait M. l'abbé Du Pont
des Loges évêque de Metz. La préconisation
par le pape eut lieu en janvier 1843 et le sacre
le 5 mars dans la chapelle du séminaire de Saint-
Sulpice. Le 16 mars le nouvel évêque arri-
vait presque incognito dans cette chère ville
de Metz qu'il a tant aimée. Après s'être adonné
pendant de longues années aux œuvres de
charité, il célébrait en juin 1868 le vingt-
cinquième anniversaire de sa consécration
épiscopale au milieu de la joie de toute la
cité en fête. Bientôt éclata la terrible guerre
franco-allemande. Après les premières batailles, sa Grandeur organisa une ambulance à
l'évêché et durant le blocus de Metz visita
toutes celles de la ville, portant à chacun une
parole d'encouragement et d'espérance.

Quand le traité de Francfort arracha Metz
à la mère patrie, Mgr Du Pont des Loges se
montra plus que jamais à la hauteur de la
situation, il le prouva surtout dans l'inoubliable
journée du 7 septembre 1871, lors de l'inauguration du monument commémoratif. Il y a
peut-être parmi nos lecteurs des mères dont
les enfants sont restés couchés là-bas sous les

murs de Metz, nous nous faisons donc un devoir de reproduire le discours prononcé à cette
occasion par l'évêque de Metz : « Qu'il me
« soit permis de me faire l'interprète, auprès
« de cette religieuse et patriotique population
« de la reconnaissance de tant de familles en
« deuil qui, dispersées sur tous les points de
« la France, sont ici présentes en ce moment
« d'esprit et de cœur et s'unissent à nous pour
« répandre sur ces tombes chéries leurs
« larmes et leurs prières. Oui, je vous remer-
« cie en leur nom et pour ce monument qui
« portera à la postérité le souvenir de tant
« de douleur et de tant de vaillance, et pour
« ces prières solennelles qui consoleront leur
« foi et rendront leurs larmes moins amères.
« Elles goûteront mieux désormais la recom-
« mandation que saint Paul adressait aux fidè-
« les dans la perte de leurs proches et de leurs
« amis de ne pas s'attrister comme ceux qui
« n'ont point d'espérance.. Je m'arrête à ce
« mot, il est si doux..... l'espérance ! »

Après la lecture de ces lignes il n'y a plus à
se demander si le peuple de Metz estimait son
évêque et l'aimait.

Quand, en 1874, M. de Bismarck appela les électeurs des pays annexés à envoyer des députés au parlement allemand, ce qui planait au-dessus de toutes les aspirations et au-dessus de toutes les rivalités, c'était la revendication française. Le terrain électoral avait quelque peu souffert par suite de l'émigration vers la France en 1872, à la suite de l'option. Le parti dit conservateur avait une organisation bien inférieure au parti démocratique, si toutefois elle n'était pas nulle; il appartenait donc au parti démocratique d'agir et il le fit. A la tête du comité électoral du parti démocratique était un banquier bien connu, M. Godchaux, un israélite, qui dernièrement encore sollicitait le mandat de représenter Seine-et-Oise au Sénat français. A peine réuni, ce comité, sur la proposition de M. Godchaux, acclama le nom de Mgr Du Pont des Loges comme celui de l'homme qui, à cette heure, devait le mieux représenter Metz au Reichstag allemand. En d'autres termes, un comité républicain, sur la proposition d'un israélite, faisait choix d'un évêque pour son candidat.

Comme aux époques les plus reculées de

son histoire, Metz envoyait son évêque au-devant des barbares. Les membres du comité s'étaient sans doute souvenus que, dans le passé déjà, les prélats de Metz, en se faisant les interprètes du sentiment public, s'étaient entendus avec les rois de France pour faire cesser la domination des rois germains. Aujourd'hui comme alors, les populations d'Alsace-Lorraine jetaient un regard suppliant vers l'Occident pour demander secours contre le joug que veulent leur imposer les peuples du Nord.

L'évêque de Metz ne s'était jamais occupé de politique militante avant 1870, son choix ne relevait donc que du désir de donner plus de poids à la protestation. D'autre part, les sympathies générales étaient acquises au grand caractère de Mgr Du Pont des Loges. Le comité de M. Godchaux s'honorait donc en choisissant pour candidat ce prêtre vénéré en qui la fermeté de caractère s'alliait à la droiture de conscience. La charité inépuisable du prélat aussi bien que la sainteté en avait fait l'homme le plus populaire du diocèse ; sa piété avait déjà attiré l'attention du pape Pie IX,

qui l'avait proclamé le saint du parti des prélats opposés à la proclamation de l'infaillibi-
lité papale. Mgr Du Pont des Loges était aussi
aimé par les israélites que par les catholiques
du diocèse de Metz. Quand la nouvelle de
cette candidature se répandit, ce fut un indes-
criptible enthousiasme et la masse du peuple
l'accueillit avec cette explosion de reconnaissance qu'il témoigne toujours à ceux qui dé-
fendent vraiment ses intérêts.

A Berlin, par exemple, on grinça des dents
en apprenant cette résolution du comité électoral de Metz.

Les quelques Prussiens transplantés à Metz
et jouissant de quelque considération avaient
adressé, dès 1873, un appel à tous les Allemands
pour fonder une société électorale formée
d'éléments favorables à l'Empire. Les partisans de M. de Bismarck voulaient à tout prix
faire de l'obstruction à tout député clérical.
Les politiciens prussiens ne visaient qu'à
empêcher de grossir le nombre des partisans
de la *petite excellence*, comme on se plaisait à
surnommer M. de Windthorst, le chef du parti
catholique au Reichstag. Quelques émissaires

du parti national libéral du parlement se réunirent donc et choisirent un candidat sur qui, d'après leurs projets, devaient se réunir non seulement les voix allemandes, mais aussi celles de tous les Messins qui, bien que catholiques, ne voudraient pas d'un évêque pour représentant. Les voix des protestants et des israélites fourniraient aussi leur appoint, espérait le parti.

Le candidat de la colonie allemande était M. le comte Henckel Donnersmarck, premier préfet de Metz après la capitulation. Ce qui permettait à ce candidat de se faire illusion sur le résultat final, c'est qu'il avait une mise de fonds importante dans les forges d'Ars-sur-Moselle vendues par MM. Dupont et Dreyfus après l'annexion. Le comité prussien comptait beaucoup sur les voix des ouvriers employés dans ces usines pour former un noyau de voix favorables. Pendant tout le mois de janvier les réunions se succédèrent, soit à la *Bavaria*, soit à la brasserie Müller, afin de gagner non seulement les quelques ouvriers qui auraient pu hésiter, mais surtout afin de créer un courant opposé à l'envoi d'un évêque au parlement. Le succès pour le parti de l'Empire était certain, déclarait un jour triomphalement M. Henckel Donnersmarck aux ouvriers réunis dans les bureaux des forges d'Ars, parce que la candidature de l'évêque n'était que le produit d'un enthousiasme passager et parce que M. Godchaux ne l'avait suscitée qu'avec l'espoir d'exciter le parti allemand à prendre un candidat moins clérical sur lequel on pourrait se rallier. Le patriotisme de M. Godchaux a fait ses preuves, il est donc inutile d'essayer de le défendre pour la circonstance, mais il faut reconnaître que cette vantardise de M. le comte Henckel avait pris sa source dans l'hésitation de certains membres du parti démocratique qui, le premier mouvement d'enthousiasme passé, craignaient de fournir, par leur adhésion à la candidature de l'évêque, un certain contingent au parti clérical.

Le *Courrier de la Moselle* ne fit pas d'opposition au candidat de M. Godchaux et le vénérable évêque de Metz, soutenu par la vaillante plume de M. Didiot dans le *Moniteur de la Moselle* et par le *Vœu National*, resta le candidat de toute la circonscription de Metz.

Nous nous plaisons à le répéter, à l'honneur de M. Godchaux et du parti républicain de Metz, la cause de Mgr Du Pont des Loges l'emporta sur toutes les autres.

Le candidat français sur qui voulaient se rallier les voix républicaines crut nécessaire de faire ressortir avec éloquence et patriotisme que l'enthousiasme soulevé par le nom de l'évêque l'indiquait comme le candidat répondant le mieux aux besoins de la situation. Cette déclaration à laquelle se rallièrent les hésitants du parti démocratique reçut la complète adhésion de Mgr Du Pont des Loges.

Le parti allemand continuait aussi à s'agiter. Comme les persécutions religieuses avaient surexcité les catholiques allemands, les chefs de ce parti craignirent que leurs voix n'allassent au candidat messin. M. le comte Henckel-Donnersmarck inséra avec habileté dans sa profession de foi ces mots : « Je suis aussi catholique que vous... »

A la dernière heure, dans certaines localités, les comités allemands firent annoncer que l'évêque refusait la candidature dont bénéfi-

6.

cierait M. Godchaux ; ailleurs ils déclaraient dans les réunions qu'on trompait les électeurs et qu'un évêque ne pouvait siéger au parlement allemand.

Sur toute la ligne française chacun fit vaillamment son devoir, et quand au jour de l'élection on releva le nombre des suffrages, on enregistra un triomphe pour l'évêque et pour la cause qu'il représentait. Tandis que le candidat prussien réunissait environ 2000 voix, Mgr Du Pont des Loges en comptait plus de 13000. Les Allemands, égarés par les fictions de leurs poètes et les récits patriotiques de leurs historiens, avaient cru être reçus comme des libérateurs par les Messins, comme l'avait été autrefois le roi de France Henri II, mais les électeurs de Metz venaient de charger leur évêque de dire à ces dominateurs que les Messins restaient Français.

Le vote solennel et unanime qui envoyait Mgr Du Pont des Loges comme le premier représentant de Metz au Reichstag a été la preuve éclatante de l'estime et de l'affection de tout un peuple. Les députés allemands se souviendront longtemps encore de ce majestueux vieillard entrant à la chambre des séances en grand costume d'évêque français.

Les quinze députés alsaciens-lorrains devaient se mêler avec les trente députés polonais dont les sièges étaient vides par parti pris, tandis qu'un peu plus haut était placé M. le comte d'Arnim, président de la Lorraine et député.

Qui pourra jamais oublier cette solennelle séance du 18 février 1874 où devant d'insolents vainqueurs, les députés alsaciens-lorrains, isolés, sans illusion, mais inébranlables, protestèrent contre l'acte maudit qui les avait arrachés à la France. Mais avant de donner cette protestation signée par Mgr Du Pont des Loges aussi bien que par les autres députés d'Alsace-Lorraine, il est bon de noter que ces messieurs étaient arrivés à Berlin sans une entente préalable qui était cependant nécessaire pour amener à bien une tâche de l'importance de celle que les députés d'Alsace-Lorraine allaient avoir à accomplir. La plupart des députés de la Lorraine n'avait jamais vu leurs collègues d'Alsace, de sorte qu'il était de toute nécessité de se rencontrer au moins avant la séance afin de pouvoir porter à la tribune du Reichstag une protestation collective des députés d'Alsace-Lorraine contre l'annexion à l'empire d'Allemagne. Cette réunion aboutit cependant, grâce à l'initiative de quelques-uns de ces députés. Le 17 février au soir, les quinze députés d'Alsace-Lorraine se réunirent dans l'appartement de l'un d'eux. C'est là que l'on discuta d'une façon approfondie les termes de la déclaration qui devait être portée le lendemain à la tribune du Reichstag et dont nous mettons le texte sous les yeux du lecteur : « Plaise au Reichstag de décider que « les populations d'Alsace-Lorraine, incorpo- « rées sans leur assentiment à l'empire d'Alle- « magne par le traité de Francfort, seront ap- « pelées à se prononcer d'une manière spéciale « sur cette incorporation. »

Cette expression du sentiment de nos compatriotes ne pouvant ainsi donner lieu à aucune interprétation arbitraire fut signée par les quinze députés d'Alsace-Lorraine.

Le lendemain, avant l'ouverture de la séance, M. Teutsch, député de Saverne, M. Abel, de l'arrondissement de Thionville et Boulay, et

M. Pougnet pour l'arrondissement de Sarre-
guemines et Forbach, se présentèrent dans le
cabinet de M. le président de la chambre, à
l'effet de se faire inscrire pour parler. Le président leur fit observer que c'était chose inutile, attendu que M. Teutsch, dépositaire de la
proposition, aurait naturellement la parole et
que MM. Abel et Pougnet l'obtiendraient pendant la séance s'ils la demandaient. Sur l'ob-
servation que M. Abel ne parlait pas l'allemand,
le président lui opposa le refus formel de
parler en français. M. Abel s'adressa alors à
M. le prince de Bismarck qui était présent et
le pria de l'autoriser à parler au nom de ses
électeurs ; mais le prince de Bismarck lui répondit *en allemand* : « Au Reichstag, je ne parle
qu'allemand. »

A leur entrée dans la salle des séances les
députés Alsaciens-Lorrains furent couverts
des regards de l'assemblée pendant un temps
assez long, puis M. Teutsch, député alsacien,
est monté à la tribune et au nom de ses
collègues a déposé la proposition que nous
avons citée précédemment, et a prononcé le
discours suivant pour motiver la déclaration :

« Les populations d'Alsace-Lorraine dont nous
sommes les représentants au Reichstag, nous
ont confié une mission spéciale et des plus
graves que nous avons à cœur de remplir sans
retard; elles nous ont chargés de vous expri
mer leur pensée sur le changement de nationalité qui leur a été violemment imposé à la
suite de votre guerre contre la France. L'Allemagne a intérêt à entendre l'exposé que nous
voulons lui faire et nous osons compter, messieurs, sur quelques instants de votre bienveillante attention.

« Votre dernière guerre terminée à l'avantage
de votre nation donnait incontestablement à
celle-ci des droits à une réparation. Mais l'Allemagne a excédé son droit de nation civilisée
en contraignant la France vaincue au sacrifice
d'un million et demi de ses enfants.

« Au nom des Alsaciens-Lorrains vendus par
le traité de Francfort, nous protestons contre
l'abus de la force dont notre pays est victime !

« Si dans les temps éloignés et relativement
barbares le droit de conquête a pu quelquefois
se transformer en droit effectif; si aujour-
d'hui encore il réussit à se faire absoudre lors-

qu'il s'exerce sur des peuples ignorants et sauvages, rien de pareil ne peut être opposé à l'Alsace-Lorraine. C'est à la fin du XIXᵉ siècle, d'un
siècle de lumière et de progrès, que l'Allemagne
nous conquiert, et le peuple qu'elle réduit en
esclavage (car l'annexion faite sans notre consentement constitue pour nous un véritable
esclavage moral), ce peuple est un des meilleurs
de l'Europe, celui peut-être qui porte le plus
haut le sentiment du droit et de la justice. Ar-
guerez-vous de la régularité du traité qui consacre la cession en votre faveur de notre territoire et de ses habitants ? Mais la raison, non
moins que les principes les plus vulgaires du
droit, proclame qu'un semblable traité ne peut
être valable. Des citoyens ayant une âme et
une intelligence ne sont pas une marchandise
dont on puisse faire commerce et il n'est pas
permis dès lors d'en faire l'objet d'un contrat.
D'ailleurs, en admettant même, ce que nous ne
reconnaissons pas, que la France ait le droit
de nous céder, le contrat que vous nous oppo-
sez n'a pas de valeur. Un contrat ne vaut en
effet que par le libre consentement des deux
contractants. Or, c'est l'épée sur la gorge que

la France saignante et épuisée a signé notre
abandon. Elle n'a pas été libre, elle s'est cour-
bée sous la violence et nos codes nous ensei-
gnent que la violence est une cause de nullité
pour les conventions qui sont entachées

« Vous le voyez, Messieurs, nous ne trouvons
dans les enseignements de la morale et de la justice rien, absolument rien, qui puisse faire par-
donner notre annexion à votre empire et notre
raison se trouve en cela d'accord avec notre
cœur. Notre cœur en effet se sent irrésistible-
ment attiré vers notre patrie française. Deux
siècles de pensée et de vie en commun créent
entre les membres d'une même famille un lien
sacré qu'aucun argument et moins encore la
violence ne saurait détruire.

« Les ennemis de notre cause s'appliquent
à répandre dans la presse et sans doute aussi
dans l'enceinte de cette assemblée l'opinion
que l'Alsace-Lorraine a fait aux élections du
1er février 1874 une démonstration purement
religieuse et catholique et non une démonstration française. S'il est vrai que les vexations dont le clergé est la victime en Prusse
et dont s'indignent nos catholiques d'Alsace-

Lorraine ont eu pour résultat d'amener sur vos bancs un si grand nombre d'honorables ecclésiastiques connus pour leur patriotisme non moins que pour leur foi, nous n'en protestons pas moins unanimement contre l'interprétation qui nous occupe. Cette interprétation ferait en particulier sourire de dédain la fraction républicaine et protestante de notre députation dont je fais partie, si nous n'y voyions une de ces manœuvres perfides familières à certains de vos politiques, manœuvres qu'il est utile de dévoiler. En nous choisissant tous tant que nous sommes, nos électeurs ont avant tout voulu affirmer leur sympathie pour leur patrie française et leur droit de disposer d'eux-mêmes.

« Pour consommer cette annexion, qui est à nos yeux un acte inouï et que rien ne peut excuser, pour briser ainsi le cœur d'un million et demi d'hommes libres, sur quoi s'est appuyée l'Allemagne ? Nous vous demandons la permission de le rappeler en peu de mots :

« 1° Elle nous a, par une amère dérision, *revendiqués comme étant des membres de sa famille à elle, comme étant des frères.* Or, vous

7

savez aujourd'hui que tout lien de famille entre nous et vous est rompu. Nous prisons plus que personne le principe de fraternité des peuples, mais il nous sera impossible de voir en vous des frères tant que vous refuserez de nous rendre à la France, notre véritable famille.

« 2° L'Allemagne, pour nous annexer à son empire, a invoqué *les usages de la guerre*. Mais, nous vous l'avons déjà dit, un usage emprunté à des temps barbares n'a que faire à une époque de civilisation comme la nôtre.

« 3° Enfin l'Allemagne a invoqué *le besoin de sa défense contre une agression française*. Mais elle eût pu sans démembrer la France atteindre ce but en imposant à son ennemi vaincu le démantèlement des forteresses de l'Alsace-Lorraine. Il faut donc chercher dans l'ivresse de la victoire et dans cette ivresse seule la véritable cause de l'exorbitante prétention en vertu de laquelle nous sommes aujourd'hui des vassaux de votre empire. En cédant à cette ivresse l'Allemagne a commis la plus grande faute peut-être qu'elle ait à inscrire dans son histoire.

« Il dépendait d'elle après ses triomphes de

conquérir par sa générosité non seulement
l'admiration du monde entier, mais encore les
sympathies de son ennemi vaincu et surtout
les nôtres, à nous habitants de l'Alsace-Lorraine. Il dépendait d'elle d'amener un désar-
mement de l'Europe et de fermer à jamais
peut-être l'ère sanglante des guerres entre
peuples faits pour s'aimer. Il lui suffisait pour
cela, s'inspirant du libéralisme que nous
aurions supposé chez une nation aussi éclai-
rée, de renoncer à toute idée d'agrandisse-
ment et de laisser intact le territoire français.
L'Allemagne à cette condition devenait la
plus grande et la plus estimée des nations et
s'élevait à une place sans égale parmi les
peuples de l'Europe.

« Pour ne pas avoir suivi en 1871 les conseils
de la modération, que récolte-t-elle aujour-
d'hui ? Toutes les nations de l'Europe se
défient de sa puissance envahissante et multi-
plient leurs armements. Elle-même, pour maintenir cette chose vaine qu'on appelle le prestige
guerrier, s'épuise en hommes et en argent.
Et quelles sont, Messieurs, vos perspectives
pour l'avenir ? Au lieu de cette ère de paix

et de fraternité pour les peuples que vous étiez maîtres d'inaugurer en 1871, vous entrevoyez, nous en sommes sûrs, avec le même effroi que nous, de nouvelles guerres, c'est-à-dire la ruine et la mort s'abattant de nouveau sur vos foyers.

« Croyez-moi, renoncez à cette politique qui nous anéantit en même temps qu'elle compromet l'avenir de votre nation. Vous êtes forts et puissants aujourd'hui, vous pourrez par conséquent nous donner satisfaction sans faire à votre point de vue aucun sacrifice d'amour-propre. Rendez-nous, ainsi que nous vous le demandons, la libre disposition de nous-mêmes. Il est d'usage, hélas ! lorsque parmi vous quelque homme généreux essaye d'élever la voix de temps à autre en faveur des peuples que vous opprimez, il est d'usage qu'on leur ferme instantanément la bouche en les accusant brutalement de trahison. Ne vous laissez plus, messieurs, effrayer par cette injure qui ne prouve absolument rien. Traîtres à leur patrie sont ceux qui par une politique insensée, méprisant le droit et la justice, conduisent leur pays à sa perte, et non les honnêtes gens qui, pénétrés d'une injustice, d'où qu'elle vienne, ont le courage et la franchise de la signaler. Rendez-nous justice, messieurs. Nous oublierons alors trois années de souffrances pour ne plus songer qu'à votre noblesse de la dernière heure. Nous serons de ce moment unis à vous comme un peuple ami par la seule fraternité qui soit solide et durable, celle qui se fonde sur l'estime. »

M. le président du Reichstag prononça ensuite la clôture de la discussion, malgré les instances de MM. Abel, Winterer, Pougnet, et Hœffely qui demandaient à parler. La clôture étant adoptée, M. Teutsch se contenta de répondre par ces mots : « Vous avez clos le débat, mais nous nous en remettons à Dieu et au jugement de l'Europe. »

Nous n'avons pas voulu couper le beau discours de M. Teutsch, mais nous ne pouvons nous empêcher de noter ici, à la plus grande gloire des députés alsaciens-lorrains, que les clameurs les plus injurieuses partaient des bancs de la majorité, tandis que sans sourciller le député d'Alsace-Lorraine revendiquait pour nos compatriotes le droit d'être consultés sur leurs destinées.

D'ailleurs, la France n'a-t-elle pas entendu, elle aussi, le cri patriotique de ces frères sacrifiés? Des milliers de braves cœurs ont versé en silence bien des larmes ; maintenant encore pouvons-nous ne pas tressaillir en songeant qu'il y aura bientôt *vingt ans* que l'Alsace-Lorraine gémit entre les bras des Prussiens et crie toujours : « France, ne nous oublie pas, nous nous souvenons toujours ! »

Il y eut une différence marquée entre l'attitude de Mgr Du Pont des Loges, député de Metz, et celle de Mgr Rœss, député de Strasbourg. Malgré toutes les rétractations survenues depuis, on se souvient encore de la déclaration de l'évêque de Strasbourg qui, flagorné par les députés catholiques prussiens, par ceux-là même qui avaient été les plus acharnés à voter en 1870 la déclaration de guerre contre la France, crut devoir adoucir la déclaration de tous les députés alsaciens-lorrains signée par lui la veille. Nous ne nous arrêterons pas sur la peine éprouvée par Mgr Du Pont des Loges à cette occasion. L'évêque de Metz protesta le lendemain contre les explications de l'évêque de Strasbourg par l'organe de M. l'abbé Winterer encore actuellement député de l'Alsace, et Mgr Rœss reconnut depuis son erreur d'alors.

L'évêque de Metz a causé l'admiration de tous, sans distinction de nationalité et de culte. Il était pour Metz comme une relique du passé et les Allemands l'ont entouré de respect. Tout le monde sait quels égards avait pour Sa Grandeur le défunt maréchal de Manteuffel qui disait à ceux qui l'entouraient : « Ah ! respectez l'évêque de Metz, car c'est un vrai prince de l'Eglise..... » Chacun se souvient aussi combien l'empereur d'Allemagne recommandait à ses hauts fonctionnaires d'honorer toujours cet illustre évêque.

Mgr Du Pont des Loges conserva toujours cependant sa plus complète indépendance ; soumis au gouvernement prussien, il n'accepta point les honneurs qui lui furent offerts. Nous citons à ce propos la mémorable lettre adressée par l'évêque de Metz, le 15 décembre 1882, au maréchal de Manteuffel pour refuser la décoration allemande :

« Monsieur le Maréchal,

« J'ai reçu la lettre par laquelle Votre Excel-
« lence m'informe que S. M. l'empereur me
« confère un de ses ordres pour reconnaître
« le soin que j'ai pris de procurer aux catho-
« liques allemands résidant à Metz de nou-
« velles facilités pour accomplir leurs devoirs
« religieux. Je suis touché du haut intérêt
« que le souverain daigne prendre aux efforts
« que nous faisons mon clergé et moi, au
« milieu de graves difficultés, pour venir en
« aide à un grand nombre d'âmes dont la
« direction spirituelle nous est confiée. Cepen-
« dant, Monsieur le Maréchal, la distinction
« que vous m'annoncez me surprend autant
« qu'elle me confond. Dans les mesures
« récentes que j'ai cru devoir adopter après de
« mûres et sérieuses réflexions, je n'ai eu
« d'autre mérite que celui de satisfaire à l'obli-
« gation que m'impose ma conscience d'évêque
« envers près de dix mille catholiques que les
« circonstances ont amenés à Metz et qui
« ignorent plus ou moins complètement la

« langue française, la seule parlée par l'an-
« cienne population messine.

« Votre Excellence me permettra d'ajouter
« l'expression d'un regret.

« Pendant près de trente ans que j'ai eu
« l'honneur d'appartenir à l'épiscopat français
« plus d'une fois le gouvernement me fit pres-
« sentir au sujet d'une semblable distinction
« qu'il semblait désireux de me confier, et
« chaque fois, il voulait bien renoncer à son
« projet par égard pour ma résolution de me
« tenir à l'écart de toute préoccupation poli-
« tique et de me renfermer rigoureusement
« dans mes devoirs d'évêque. En cela, je
« croyais donner à mon clergé un exemple
« salutaire. Si vous m'aviez confié d'avance
« les intentions trop bienveillantes de l'Em-
« pereur à mon égard, je vous aurais prié,
« Monsieur le Maréchal, de plaider auprès de
« Sa Majesté la même cause que me rendaient
« doublement chère et la fidélité à mon passé
« et la religion des souvenirs. »

Mgr Du Pont des Loges mourut le 18 août
1886 et la ville entière le pleura comme le
plus regretté des pères.

7.

CHAPITRE IV

Elections de 1877, 1878 et 1881

PAUL BEZANÇON

En janvier 1877, les électeurs du pays messin étaient appelés, pour la seconde fois depuis l'annexion, à élire un député au Reichstag. Différents motifs décidèrent Mgr Du Pont des Loges à ne plus se représenter aux électeurs ; son grand âge lui défendait les grands déplacements et, d'autre part, les allemands refusèrent de reconnaître son interprète nécessité par l'ignorance de la langue allemande. Mais l'évêque se désistait pour un motif bien plus patriotique ; en cédant son siège de député à M. Paul Bezançon il protestait contre la tyrannie allemande.

Dans ces derniers temps, on a beaucoup

parlé des maires de carrière ; or, voici le fait
qui s'était passé à Metz dès 1877, nous citons
l'officieuse *Metzer Zeitung* du 30 décembre
1876 : « Nous pouvons annoncer à nos lecteurs
« une nouvelle importante. Le vote du conseil
« municipal pour continuer dans ses fonctions
« de maire M. Paul Bezançon n'a pas été ra-
« tifié par S. M. l'empereur d'Allemagne. C'est
« à M. le kreisdirector baron de Freyberg
« qu'a été confié le soin d'administrer la ville
« de Metz. On s'attend à voir le conseil mu-
« nicipal donner sa démission. La population
« allemande de cette ville ne peut que se féli-
« citer de ce changement. »

Ainsi donc l'autorité prussienne jetait un
défi à la population messine au moment où le
comité électoral de Metz faisait afficher en ces
termes le choix du candidat : « ..... Nous
« venons donc présenter à vos suffrages comme
« candidat au Reichstag M. Paul Bezançon.
« Il défendra nos droits imprescriptibles et
« sacrés de disposer de nous-mêmes ; il les
« affirmera en toutes circonstances et il saura
« constamment s'inspirer des sentiments
« intimes de ses électeurs. »

Le gouvernement allemand commençait ainsi l'installation de ses maires de carrière en violation directe de la loi, et il montrait combien lui importaient peu les désirs des populations. Quelques jours avant l'ouverture du scrutin, la nouvelle de cet acte de tyrannie se répandit dans le pays annexé, et toute la population en ressentit une impression douloureuse, aussi la demeure de M. Bezançon ne désemplissait-elle pas, tous venaient lui apporter des témoignages de regrets et de respectueuse sympathie. Le coup frappait sur la blessure encore saignante et la rouvrait plus large.

Conseiller municipal en octobre 1870, puis maire en 1871, c'est-à-dire pendant les jours les plus tourmentés, M. Bezançon était toujours resté ferme et digne au poste d'honneur et de dévouement où l'avaient appelé et où le maintenaient la confiance, l'estime, et la sympathie de ses concitoyens. Comme on l'a vu plus haut, l'ancien maire fut remplacé dans ses fonctions par un magistrat prussien, par le kreisdirektor ou sous-préfet du cercle de Metz. Le conseil municipal adressa au

président de la Lorraine une protestation
motivée contre l'illégalité qui ressortait du
texte même de l'arrêté : « Après qu'en vertu
de l'article 8 de la loi du 22 juillet 1870 sur
la nomination des maires et des adjoints, et
qu'en exécution de mon avis du 11 juillet
1876, des élections générales pour le renouvellement du conseil municipal ont eu lieu
en cette ville ; après que les conseillers municipaux élus sont entrés en fonction et que
maintenant il s'agit de nommer aux emplois
municipaux, notamment à la place de maire :
en vertu du § 1 de la loi du 24 février 1872
concernant l'installation de commissaires extraordinaires pour administrer certaines communes.

« Considérant que les négociations entamées
avec un membre du conseil municipal jugé
apte à se charger des fonctions de maire sont
restées sans résultat ; considérant en outre
que la composition du conseil municipal
actuel n'offre pas de membre apte et prêt à se
charger de ces fonctions, j'ai avec approbation de M. le président supérieur de l'Alsace-
Lorraine arrêté ce qui suit :

ARTICLE PREMIER : Les fonctions de maire de la ville de Metz sont conférées à M. le baron de Freyberg, directeur impérial du cercle en qualité de commissaire extraordinaire. »

Ainsi donc les lois françaises du 5 mai 1855 et du 22 juillet 1870 tombaient devant la loi du 24 février 1872 destinée à permettre tous les actes d'arbitraire contraires aux vœux de la population et aux véritables intérêts de la cité. La loi du 22 juillet 1870 veut avec raison que le chef de la municipalité soit pris parmi les conseillers élus, puisque ces derniers sont déjà désignés par leurs concitoyens comme étant aptes à remplir ces honorables fonctions Or, M. le baron de Freyberg n'en avait jamais fait partie.

Cette mesure était de plus en opposition avec les déclarations formelles faites au Reichstag, dans la séance du 6 décembre 1876, par M. de Puttkamer, président de la Lorraine, qui s'exprimait ainsi : « Chacun sait que le « gouvernement a observé dans le choix du « bourgmestre une stricte neutralité; chacun « sait ou peut savoir qu'en ceci les principes « du gouvernement allemand diffèrent essen-

« tiellement de ceux de l'ancien gouvernement
« français pour lequel les maires n'étaient pas
« autre chose que des machines électorales
« dont les préfets tournaient la manivelle à
« volonté... Nous ne voulons pour maires que
« ceux qui réunissent sur leur tête le plus
« grand nombre de suffrages de leurs con-
« citoyens. »

En outre, l'arrêté présidentiel, en alléguant
qu'il n'a trouvé au sein du conseil, à l'exception d'un seul qui a refusé, aucun autre
membre apte aux fonctions de maire et disposé à les remplir, non seulement insultait le
conseil municipal, mais commettait aussi une
erreur. Il est constaté en effet que M. Bezançon a rempli ces honorables fonctions pendant six ans à la satisfaction générale avec
autant d'aptitude que de tact et de prudence.
N'y eut-il eu que M. Bezançon seul, la loi
précitée ne permettait pas que le chef de la
municipalité fût pris en dehors du conseil
tant qu'il se trouvait un seul membre apte et
disposé à remplir ces fonctions.

D'autre part, il n'était pas admissible qu'un
nouveau venu dans la ville, étranger à ses

besoins, à ses intérêts, à ses coutumes et à ses mœurs, soit plus apte qu'un élu de la cité à remplir les fonctions de maire.

On violait en même temps l'article 5 de la loi du 5 mai 1855 d'après laquelle les fonctions de kreisdirektor sont incompatibles avec celles de maire. Enfin, pour que tout soit étrange et arbitraire dans la mesure précitée, l'autorité supérieure non seulement décernait sans réflexion un brevet d'inaptitude à tous les conseillers municipaux, mais, tout en révoquant M. Bezançon, le président de la Lorraine lui adressait une lettre de remerciements et de félicitations pour le tact et le dévouement qu'il avait montrés en exerçant sa charge.

Le gouvernement d'Alsace-Lorraine avait laissé pressentir cette révocation depuis plusieurs mois ; il témoignait par là son mécontentement de voir élire des représentants hostiles à la germanisation de l'Alsace-Lorraine. La candidature de M. Bezançon avait été la goutte d'eau qui fit déborder la coupe. L'officieuse *Gazette de Lorraine* confirma ce jugement dans un de ses articles : « Depuis a 1873, dit-elle, et à dater des premières élec-

« tions au conseil général, il a fallu procéder
« successivement à treize élections différentes
« pour les trois cantons de Metz, parce que les
« conseillers élus, ou refusaient de prêter, en
« entrant au conseil général, le serment ré-
« glementaire, ou bien, après avoir vu aboutir
« leur élection, donnaient aussitôt leur démis-
« sion... Le gouvernement était donc parfai-
« tement autorisé à voir, dans une politique
« d'abstention pratiquée de cette façon et sans
« discontinuer, l'intention mûrement réfléchie
« de protester continuellement et à chaque
« occasion qui viendrait à se présenter contre
« la nouvelle situation politique de la Lor-
« raine. »

Ainsi les élections s'étaient annoncées à
Metz sous un autre jour qu'en 1874, il s'agissait pour la population de protester doublement : et contre l'annexion, et contre la mesure qui frappait son ancien magistrat. Cette
révocation arbitraire se répandit dans toute
l'Alsace-Lorraine ; les habitants des pays annexés y virent une menace, ce qui était plus
que suffisant pour rallier tous ceux qui auraient pu hésiter.

En donnant plus de 12,000 voix à M. Bezançon, le pays messin lui disait hautement
toute sa sympathie en face du coup brutal
d'un gouvernement mécontent et haineux.

Paul Bezançon ne possédait pas très bien
la langue allemande ; cependant, après quelques efforts, il put aborder la tribune du
Reichstag et prononcer dès la première fois
un excellent discours pour protester contre
l'annexion de l'Alsace-Lorraine.

Ce discours est intéressant à tous les points
de vue : « Vous reconnaîtrez facilement que je
ne suis pas Allemand d'origine, mais bien un
Lorrain qui possède mieux sa langue mater-
nelle que la vôtre ; aussi permettez-moi de réclamer votre bienveillante attention. (*Les députés se pressent autour de la tribune pour
mieux entendre l'orateur.*)

« Il vous semblera tout naturel, Messieurs,
que dans ces graves et importants débats,
l'Alsace-Lorraine fasse entendre sa voix ;
mais avant d'entrer en matière, je tiens à
déclarer que j'aborde cette tribune avec un
esprit de modération et l'intention de ne
froisser en rien les sentiments et l'esprit na-

tional d'un grand peuple dont vous êtes les représentants.

« A notre point de vue, et je parle ici au nom des Alsaciens-Lorrains, l'annexion de nos provinces est une des causes principales de l'élévation toujours croissante du budget militaire. Malgré le besoin de paix qui domine partout, cette question d'annexion de l'Alsace-Lorraine non moins que la question d'Orient inquiète les esprits et a pour conséquences de formidables préparatifs de guerre et la population réduite si sensiblement surtout dans la partie payante supporte par le fait toutes les anciennes charges.

« Pourquoi devons-nous ajouter que le gouvernement se croit fondé à prendre de temps à autre des mesures que rien ne justifie et qui ont un effet déplorable? A ce sujet, permettez-moi de rappeler les mesures d'expulsion qui frappent en ce moment même des milliers d'optants et qui jettent le pays dans une véritable consternation!

« Vous ne pouvez, Messieurs, vous faire une idée du désespoir que provoquent ces mesures dans nos provinces : j'en ai été témoin et ce

souvenir seul me brise le cœur... Au nom des
Alsaciens-Lorrains, au nom de l'humanité, je
vous adjure de ne pas rester insensibles à tant
de misères...

« En présence d'une semblable situation,
je viens vous proposer un moyen de la conjurer un moyen héroïque, il est vrai : Rendez
l'Alsace-Lorraine à elle-même !

« Nos dernières élections ont prouvé que
les sentiments de la très grande majorité de
la population sont les mêmes que ceux qui
ont été affirmés en 1874. A quelle hauteur la
puissante Allemagne ne s'éléverait-elle pas,
si elle voulait attacher son nom à cette œuvre
de réparation ! Il est facile d'apprécier les
guerres.

« Cet état de choses, Messieurs, entraîne
pour l'Allemague de déplorables résultats,
dont l'Alsace-Lorraine subit le contre-coup :
notre industrie qui est pour l'Allemagne une
cause de souffrance en raison de son immense
production court également à sa ruine.

« En ma qualité de représentant de la ville
de Metz dont j'ai eu l'honneur d'être maire
pendant les six dernières années, je considère

comme un devoir de vous éclairer sur ses souffrances sous le poids desquelles elle menace de sombrer.

« Metz a aujourd'hui *trois mille* logements vacants, la valeur des propriétés est réduite de moitié, et même dans ces conditions ces propriétés ne trouvent plus d'acquéreurs ; la valeur de ses immeubles était autrefois de 90 millions de marks, elle ne dépasse pas aujourd'hui 40 millions.

« Consultons maintenant les archives du tribunal de commerce. Elles vous donneront un total de faillites pour 1875 de 566,849 marks et pour 1876 de 809,242 marks. Ces chiffres, Messieurs ont une triste éloquence !... Ajoutez-y celui des expropriations forcées, des saisies immobilières et vous pourrez vous faire une idée assez exacte de la situation, et cependant nos contributions foncière, mobilière, ainsi que nos patentes restent toujours les mêmes et la population réduite si sensiblement, surtout dans la partie payante, supporte par le fait toutes les anciennes charges.

« Pourquoi devons-nous ajouter que le gouvernement se croit fondé à prendre de

temps à autre des mesures que rien ne justifie et qui ont un effet déplorable ? A ce sujet,
permettez-moi de rappeler les mesures d'expulsion qui frappent en ce moment même
des milliers d'optants et qui jettent le pays
dans une véritable consternation !

« Vous ne pouvez, Messieurs, vous faire
une idée du désespoir que provoquent ces
mesures dans nos provinces : j'en ai été témoin
et ce souvenir seul me brise le cœur... Au
nom des Alsaciens-Lorrains, au nom de l'humanité, je vous adjure de ne ne pas rester
insensibles à tant de misères...

« En présence d'une semblable situation, je
viens vous proposer un moyen de la conjurer,
un moyen héroïque, il est vrai : Rendez l'Alsace-Lorraine à elle-même !

« Nos dernières élections ont prouvé que
les sentiments de la très grande majorité de
la population sont les mêmes que ceux qui
ont été affirmés en 1874.

« A quelle hauteur d'admiration la puissante Allemagne ne s'éléverait-elle pas, si
elle voulait attacher son nom à cette œuvre
de réparation ! Il est facile d'apprécier les

conséquences d'un tel acte généreux, qui serait de plus un acte de saine politique et pour tous la garantie de l'avenir.

« Au lieu de voir d'un œil inquiet et jaloux vos agrandissements successifs, certains de voir leur nationalité respectée, les peuples se tendraient loyalement la main, et vous seriez véritablement grands, parce que vous seriez véritablement justes...

« Alors, Messieurs, plus de ces armements ruineux qui détruisent l'harmonie des budgets et vous aurez alors, non seulement mérité de la patrie allemande, mais encore de l'humanité tout entière !

« Tout concourt donc, Messieurs, pour appuyer la proposition que nous avons l'honneur de soumettre à vos méditations ; ne perdez pas de vue qu'il y a quelque chose de plus puissant que la force : c'est la conscience des peuples !...

« Si l'espoir que malgré tout nous caressons encore devait s'évanouir, il nous restera toujours la foi qui console, l'espérance qui soutient, et, ne l'oubliez pas, Messieurs, si le

présent est entre vos mains, l'avenir est à
Dieu ! »

En renouvelant ainsi la protestation de 1874,
M. Bezançon empêchait qu'elle ne fût frappée
de prescription, et répétait à l'Europe que
l'Alsace-Lorraine ne se résignait pas à son
sort, qu'elle n'acceptait pas le fait accompli.

Le 2 juin 1878, un attentat avait été commis
sur la personne de l'empereur Guillaume Ier.
Les gouvernements confédérés et le prince de
Bismarck présentèrent au Reichstag un projet de loi tendant à réprimer les excès de la
démocratie socialiste. Le parlement ayant ré-
prouvé ce projet, le grand chancelier, avec
l'assentiment du conseil fédéral, prononça la
dissolution du parlement et un décret impérial fixa le 30 juillet comme date des élections.

M. Bezançon posa de nouveau sa candidature dans l'arrondissement de Metz. Contre lui
se présenta le baron de Freyberg, nommé en
1877 par le gouvernement comme administrateur de la mairie. Ce fonctionnaire, d'un
caractère assez présomptueux, s'était vanté
auparavant qu'il lui faudrait tout au plus un

an pour se concilier les bonnes grâces de la population messine et pour la gagner au germanisme. Le gouvernement stimulait le comité électoral allemand et se refusait à croire que les populations des pays annexés aient réellement nommé M. Bezançon pour remettre en question la situation faite au pays par le traité de Francfort.

L'illusion de l'administration allemande reposait sur les nombreux achats de propriétés faits par des Prussiens et sur le bien-être que les campagnes devaient ressentir sous le gouvernement de M. de Freyberg,

La critique de l'attitude de M. Bezançon au Reichstag était mal fondée. De l'aveu d'un éminent homme d'Etat présent à la séance, les revendications de M. Bezançon étaient adoucies dans la forme mais étaient identiques quant au fond à celles formulées en 1874, et le député de Metz remplissait un double devoir envers ses concitoyens et envers le gouvernement en l'éclairant sur les sentiments vrais des populations annexées. La meilleure preuve que l'honorable représentant de Metz avait été le fidèle écho des aspirations du pays, ce sont

8

les nombreuses marques de sympathie qui lui sont parvenues des différentes localités des provinces annexées. Tout en reconnaissant que le gouvernement n'avait pas accueilli les réclamations des députés lorrains demandant la suppression de l'article 10 qui place l'Alsace-Lorraine sous la dictature, il était permis de douter que M. de Freyberg ait réussi avec plus de succès. C'est ce que le comité électoral messin démontra dans ses réunions comme dans ses journaux, et il en avait la preuve dans le fait que depuis sa nomination aux fonctions d'administrateur de la ville de Metz, M. de Freyberg n'avait pas fait aboutir plus que l'ancienne administration certaines réclamations de la population. Mais laissons la parole à M. Bezançon, nous verrons que sa profession de foi répondait avec habileté aux prétentions allemandes :

« Si depuis l'annexion, huit années de séjour dans nos provinces, dont deux environ de résidence à Metz ont donné, comme il l'affirme, à M. le baron de Freyberg une connaissance si complète de nos besoins, au point de l'initier à toutes nos aspirations, c'est là une aptitude rare, il faut le reconnaître, et je comprends qu'il l'évoque pour solliciter vos suffrages. A ces titres et sans les contester, voici modestement à l'appui de ma candidature ceux que je me permets de soumettre à votre appréciation.

« Depuis soixante ans, sans interruption, j'ai droit de cité dans Metz, ma ville d'adoption, et, sans trop de présomption, je puis me permettre de me compter parmi les plus dévoués de ses enfants. Ce qui m'autorise à croire que mes concitoyens en jugent également ainsi, c'est que depuis trente-cinq ans consécutifs je remplis parmi eux à des titres divers que je m'abstiens de rappeler des fonctions conférées uniquement à l'élection. Vivant au milieu d'eux, leurs aspirations me sont connues et l'on sait que je les partage... Leurs preuves de sympathie ont dépassé toutes mes espérances et notre population si franche et si loyale sait, à n'en pas douter, qu'elle peut compter sur ma reconnaissance et sur mon dévouement sans réserve.

« Comment! dans ce vieux pays messin qui, à toutes les époques, se distingue par le dévouement de ses enfants à la chose publique ; dans ce pays que nombre d'entre eux ont illustré dans toutes les carrières, on semble croire la génération présente tellement dégénérée que pour défendre vos intérêts de toute nature c'est dans les rangs d'une population étrangère qu'il faut aller chercher ses défenseurs.

« Cette question si simple et si importante à la fois, vous avez à la résoudre. Le pays messin a ses fastes dans le passé ; il a jusqu'à ce jour conservé intact son renom de patriotisme... Doit-il s'effondrer aujourd'hui et disparaître sans retour ? Tout est là. »

La lutte fut ardente ; le parti allemand avait fait donner toutes ses forces, et de Berlin on prêta un appui énorme afin de montrer à l'Europe par le triomphe du candidat allemand que les Alsaciens-Lorrains acceptaient l'annexion. La police elle aussi aida M. de Freyberg en y mettant un rare amour-propre.

Au jour du vote, calmes et résolues, s'inspirant de l'intérêt public, sans se préoccuper des intérêts matériels, les populations du pays messin se prononcèrent par 11,799 voix pour leur compatriote M. Bezançon contre le fonctionnaire de l'Etat M. de Freyberg. Aussi Paul Bezançon, en remerciant ses électeurs, put-il dire : « Dans tous les rangs de la « société où figurent si dignement nos classes « laborieuses des villes et des campagnes, « tous ont rivalisé de zèle et de dévouement, « donnant ainsi la mesure du patriotisme « intelligent qui distingue notre chère Lor- « raine : Honneur à elle ! »

C'était la première fois que le parti allemand avait osé soulever à Metz la question du traité de Francfort, et la réponse était catégorique, tout en disant à M. de Freyberg que ce n'était pas vers lui que se tournaient les sympathies des Alsaciens-Lorrains.

Fort de son nouveau mandat, M. Bezançon dès 1879 prend la parole au Reichstag contre la séparation de l'Alsace et de la Lorraine et pour revendiquer l'indépendance de ces provinces. Aussi les électeurs lui renouvelèrent-ils son mandat de député en octobre 1881, et lui donnèrent un nouveau témoignage d'estime et de remerciement pour les trente années passées dans les fonctions publiques toutes

8,

électives. Les compatriotes lui dirent une fois
de plus que son passé était pour eux la
garantie de l'avenir. A partir de ce moment,
la maladie retint Paul Bezançon loin du Reichstag. Il s'éteignit à Metz le 23 septembre 1882,
à l'âge de soixante-dix-huit ans.

Elu successivement juge au tribunal de
commerce, membre et président de la chambre
de commerce, président de la société de pré-
voyance et secours mutuels, conseiller municipal, maire de Metz, député au Reichstag, il
avait rempli toutes ces fonctions avec un zèle
et un dévouement toujours nouveaux, jamais
interrompus. Il était chevalier de la Légion
d'honneur depuis mars 1872.

Le conseil municipal vota la somme de
25,000 francs pour couvrir les frais funéraires
de ce grand patriote et lui élever un monument dans le cimetière de l'Est. Mgr Du Pont
des Loges, considérant les éminents services
rendus à la cité par Paul Bezançon, autorisa
la célébration des obsèques à la cathédrale.

Comme maire de Metz, Paul Bezançon avait
présidé la cérémonie qui eut lieu lors de
l'inauguration du monument élevé à la mé-

moire des soldats français tombés sous les murs de Metz pour la défense de la patrie. Nous ne croyons pas pouvoir mieux terminer cet aperçu que par le discours prononcé par Paul Bezançon le 7 septembre 1871 devant le monument.

« Chers concitoyens,

« Devant ce monument qui recouvre tant de nobles victimes, une douleur muette ne serait-elle pas l'interprète le plus éloquent, le plus vrai de nos sentiments? Un instant, cette pensée fut la nôtre..... Mais en présence d'une foule émue et recueillie qui élève vers Dieu ses ferventes prières, les représentants élus de la cité avaient un devoir à remplir : celui de joindre leurs larmes aux vôtres, de s'unir à vous dans une pensée commune de fraternité, de patriotique souvenir.

« Un an s'est à peine écoulé et presque à pareil jour le bruit du canon faisait battre nos cœurs : vous, nobles victimes, vous pouviez encore vous dire avec fierté : C'est sur nous que repose l'espoir de la patrie! Cet espoir, nous le partagions tous ! Mais si vous n'avez

pu conjurer la fatalité, si ce courage de lion
que le vainqueur lui-même ne saurait méconnaître est devenu stérile, vous êtes du moins
tombés en hommes de cœur sous les murs de
la cité en deuil.....

« Ceux qui survivent et ceux qui viendront
après nous pourront redire avec orgueil : Ils
furent les dignes enfants de la France, leurs
corps mutilés ont servi de remparts à la vieille
cité messine et leurs derniers regards ont pu
se reposer sur elle pure de tout contact ennemi, libre encore... et fière de sa virginité !...

« Ni le fer, ni le feu n'ont fait tomber nos
murs : nos portes se sont ouvertes devant une
capitulation désastreuse que n'ont pu conjurer
les efforts de notre patriotique population.
L'impartiale histoire dira sur quels hommes
doit retomber la responsabilité d'un fait qui,
en brisant nos cœurs, en nous infligeant cette
humiliation, a eu pour la patrie commune les
plus déplorables conséquences. Mais n'arrêtons pas plus longtemps nos pensées sur ces
désolants souvenirs. Nous sommes réunis,
chers concitoyens, pour inaugurer un monument qui doit rappeler à la génération présente,

aux générations à venir, non seulement une page néfaste de notre histoire, mais encore et surtout l'héroïsme de ces braves soldats, les sympathies ardentes d'une population dévouée.

« Si dans ce monde meilleur où règne le droit et non la force, votre pensée se reporte vers nous, vous pourrez vous dire à juste titre : Si nous avons arrosé de notre sang cette terre si éminemment française, du moins les Messins survivront et leurs derniers neveux conserveront pieusement, avec cette énergie qui leur est propre, le culte des souvenirs.

« Ombres généreuses et chères, ne craignez donc pas un désolant oubli ! Si la tombe qui recouvre vos dépouilles mortelles est simple et modeste, si elle doit subir un jour le sort de toutes les choses humaines, vous aurez dans nos cœurs, dans ceux de nos descendants, un monument que l'absence et le temps seront impuissants à détruire. Vous avez pour garant les traditions de cette patriotique cité où les femmes sans exception ont montré, dans les moments terribles que nous avons traversés, un courage tel, une charité si ardente et si délicate à la fois, qu'en tous lieux leur nom est béni par ceux qu'a sauvés leur infatigable dévouement.... Pour rendre notre respectueuse admiration, nobles femmes de Metz! la parole est impuissante.... le cœur seul peut dignement acquitter les dettes du cœur.

« Maintenant, chers concitoyens, inclinons-nous une fois encore sous la bénédiction de notre vénérable prélat, du digne ministre d'un Dieu de paix qui est aussi celui des armées. S'inspirant comme toujours des plus nobles sentiments, il a tenu à donner un éclatant témoignage de sympathie aux vaillants soldats que nous pleurons, à ceux qu'il appelait ses enfants. Qu'il nous permette de lui offrir ici l'expression de tous nos respects, de notre profonde reconnaissance.

« Pour vous, glorieuses victimes, nos regrets, nos prières ! A vous, frères, un dernier adieu ! ou plutôt au revoir dans une patrie que nulle puissance humaine ne saurait nous ravir ! »

CHAPITRE V

Elections de 1882, 1884 et 1887.

J.-D. ANTOINE

Il y a une paire d'années à peine, nous parcourions la Forêt-Noire et nous avions pour quelques jours élu domicile chez le curé d'une des paroisses perchées au sommet des collines avoisinant le Val-d'Enfer.

Au dîner se trouvait un jeune prêtre du pays, qui en apprenant notre qualité de Lorrain se mit à nous questionner sur nos compatriotes :

— Vous connaissez Metz, sans doute?

Sur une réponse affirmative de notre part il reprit :

— C'est une forteresse de premier ordre occupée par des troupes aussi braves que nombreuses et qui donnent une fière idée de la puissance militaire de l'Allemagne ; il me semble que ce spectacle devrait encourager les Messins à se ranger avec plaisir dans le giron allemand !

— Votre raison n'est pas excellente, car les Messins, en restant dans votre ordre d'idées, pensent que la France doit être encore bien plus forte que l'Allemagne, puisque cette dernière a besoin de se faire protéger par deux autres alliés ! Puis, la France est plus riche et, par-dessus tout, la France est la patrie des Messins !

— Connaissez-vous le député de Metz, M. Antoine ?

— Oui, et nous avons même eu l'honneur de nous entretenir avec lui plusieurs fois.

— Ah !..... et que pensez-vous de sa politique ?

— Ce que nous en pensons est tout simple : il remplit le mandat que les habitants du pays messin lui confient, il est leur porte-drapeau ; du moment que la population le nomme, c'est qu'elle approuve sa profession de foi.

— Mais vous, que pensez-vous de M. Antoine?

— Nous sommes du nombre de ses électeurs; il vous est donc facile de comprendre qu'il exprime aussi notre opinion.

Notre interlocuteur, braquant alors sur nous des yeux pleins de mauvaise humeur, ajouta sèchement : Alors, vous êtes un ennemi de l'empire, un *Reichsfeind !*

Cette parole fut la dernière qu'il nous adressa jusqu'à la fin du repas.

Pour lui montrer que nous ne prenions pas son apostrophe pour une injure, nous ne nous refusâmes pas à donner quelques soins médicaux à l'un des compagnons de route de l'interlocuteur pour le débarrasser d'une surcharge de bière.

En citant ce petit incident de voyage, nous avons voulu montrer comment, de l'autre côté du Rhin, on jugeait les élections de Metz. Venant d'un homme élevé dans les principes de l'université allemande et en contact habituel avec le peuple des campagnes, ce mot « Reichsfeind » exprime parfaitement l'idée que l'on se faisait de M. Antoine en Allemagne. Le député de Metz personnifiait pour les Allemands l'ennemi héréditaire ; à son seul nom toute la haine tudesque entrait en ébullition, et quiconque ne disait pas : « Je ne connais pas cet homme, » était un *Reichsfeind !* M. Antoine ne faisait cependant que continuer à tenir le drapeau porté par ses deux prédécesseurs, Mgr Du Pont des Loges et M. Bezançon. Ne connaissant pas suffisamment la langue allemande, il n'avait jamais prononcé au Reichstag une parole qui ait électrisé ou cinglé les masses. Ses professions de foi par exemple exprimaient les mêmes revendications que celles de ses prédécesseurs, mais en termes plus violents, et ce fait si simple avait le don de faire rugir tout Prussien.

Un autre acte avait d'ailleurs attiré de suite sur lui la haine tudesque. A peine élu député pour la première fois en 1882, il s'était rendu à Paris pour assister aux obsèques de Gambetta.

Nous n'étonnerons donc pas le lecteur en déclarant que maints Allemands poussèrent un ricanement de satisfaction à la lecture de la lettre suivante adressée par M. Antoine aux

Messins pour leur annoncer sa démission en mars 1889.

« Depuis dix-huit ans, nous n'avons cessé de lutter et de souffrir ensemble.

« Vous m'avez confié tous les mandats : conseiller municipal, conseiller général, député à la délégation d'Alsace-Lorraine, député au Reichstag. Partout et toujours j'ai fidèlement défendu vos droits, représenté vos intérêts.

« Pour notre cause, j'ai subi procès, prison, exil, avec la sérénité que donne le sentiment du devoir. Aujourd'hui, je considère ma mission comme terminée en Alsace-Lorraine ; je rentre en France, où de nouveaux devoirs m'appellent pour ce pays et pour l'Alsace-Lorraine.

« Merci de tous les témoignages de confiance et de sympathie que vous m'avez prodigués ; mon dévouement, sur un autre champ d'action, vous reste entièrement acquis. Laissez-moi emporter l'espoir que vous choisirez mon successeur parmi les hommes qui sont restés dévoués à la dignité et à l'indépendance de notre malheureux pays.

« Ce sera ma récompense et le gage que
rien n'est rompu entre vous et moi. »

Nous transcrivons cette lettre parce qu'elle
est le résumé de la vie politique de M. Antoine
dans les pays annexés.

Avant de considérer successivement l'élection de M. Antoine au conseil général et les
élections au Reichstag en 1884 et 1887, il est
utile de dire un mot sur l'accusation formulée
contre le député de Metz durant les dernières
élections en France. On lui écrivait : « Ne vous
« souvenez-vous donc plus que c'est sur une
« commission en règle du gouvernement impé-
« rial allemand que vous êtes parti d'Alsace-
« Lorraine faire une tournée en France et en
« Angleterre en vue de l'achat des chevaux
« nécessaires à la remonte à Strasbourg. »

Cette accusation des journaux français était
fondée sur des articles de la *Strassburger Post*
et de la *Gazette de l'Allemagne du Nord*. Or,
voici ce qui a fourni prétexte à la calomnie
lancée par les journaux allemands et reproduite dans le feu de la lutte par quelques journaux français. La chambre parlementaire
d'Alsace-Lorraine, le *Landesausschuss*, vote

chaque année des encouragements aux agriculteurs. L'une des diverses formes données à ces encouragements consiste dans l'achat d'étalons reproducteurs mis, dans des conditions faciles, à la disposition des éleveurs.

Le *Landesausschuss* charge quelques-uns de ses membres, compétents en la matière, de faire l'acquisition ; le gouvernement d'*Alsace-Lorraine* prélève sur la somme votée une commission destinée aux membres désignés pour les indemniser de leur absence et de leur voyage. Il y a loin de là à faire des acquisitions pour la remonte de Strasbourg et surtout à se faire payer grassement pour cela par le budget allemand. Tout se réduit donc à ceci : M. Antoine, délégué par ses collègues, a fait pour les cultivateurs des pays annexés des achats de chevaux ; il a reçu de la caisse de l'Alsace-Lorraine et de l'argent des contribuables des indemnités nécessaires et d'usage en pareille circonstance. Il n'y a donc pas matière à faire des reproches au député de Metz ; l'impartialité exigeait que nous le disions.

Nous croyons utile d'insister pareillement sur l'élection de M. Antoine au conseil géné-

ral parce qu'elle dénote un revirement dans
le corps électoral. Dans sa profession de foi
aux électeurs du 3ᵉ canton de Metz, en juin 1879,
M. Antoine écrivait : « Il en a coûté beaucoup
« à mes amis de me conseiller de passer par
« l'exigence du serment politique que nous
« avons refusé obstinément jusqu'alors. Il
« m'en coûte beaucoup de l'accomplir, mais
« la pensée d'être utile à notre chère cité me
« soutiendra et je n'en resterai pas moins,
« bien entendu, du parti lorrain de la protes-
« tation. »

Le serment politique exigé des membres
du conseil général avait été, dans le pays messin, un grand obstacle aux candidatures indé-
pendantes.

Aussi, depuis 1873 jusqu'en 1877, il avait
fallu procéder à treize élections pour les trois
cantons de Metz, parce que les conseillers
élus, ou refusaient de prêter, en entrant au
conseil général, le serment réglementaire, ou
bien, après avoir vu aboutir leur élection,
donnaient aussitôt leur démission.

Pour ne point déranger trop souvent les électeurs, les mandataires se contentaient de ne

pas se présenter au conseil, et d'après la loi,
dès la seconde session, ils étaient déclarés dé-
chus de leur mandat pour ne pas avoir été
présents. C'était ainsi jusqu'en 1879 une sorte
de protestation permanente de la population
messine contre l'obligation du serment. Cette
obligation du serment éloignait du conseil
général bien des personnalités qui auraient pu
y rendre de grands services, mais les Messins
voyaient une réelle importance dans cette protestation continuelle contre le traité qui les
avait annexés malgré eux à l'empire germanique. Cette façon d'agir avait passablement
surexcité les Allemands, comme l'a prouvé la
révocation de M. Bezançon ; aussi essayèrent-
ils plusieurs fois de susciter un candidat capable de balancer celui de l'opposition. Le
gouvernement s'était adressé à cette occasion
à un nommé Sendret. Celui-ci, après avoir été
élu avec une déclaration où il refusait la pres-
tation du serment, donna sa démission afin de
se représenter cette fois avec une profession
de foi dans laquelle il annonçait sa résolution
de prêter le serment exigé. Il n'en avait pas
fallu davantage pour faire échouer la candi-

dature acceptée quelque temps auparavant.

M. Antoine, en 1879, tout en acceptant de prêter le serment exigé, annonçait à ses électeurs la ferme résolution de rester du parti de la protestation.

En août 1883, le gouvernement fait saisir la correspondance de M. Antoine ; en septembre de la même année, le député de Metz est cité en police correctionnelle sous l'inculpation d'être l'auteur d'injures insérées dans le journal « *La France* » sur le compte de la police de Metz, notamment sur le compte de M. Rollet, secrétaire de police. Le 1er octobre suivant, M. Antoine est arrêté pour crime de haute trahison et est mis en liberté le 28, sous caution. C'est après ces incidents que survinrent les élections au Reichstag, en 1884.

Sous le couvert du nom de M. Sendret, le parti autonomiste avait essayé de faire irruption en Lorraine dès 1876. Cette tentative fut sérieusement renouvelée lors des élections à la députation en 1884 et en 1887, mais sans succès.

Contre M. Antoine, et soutenu en partie

par les Allemands, se présenta en 1884 M. l'abbé
Jacques, autrefois aumônier des soldats français prisonniers à Torgau, et alors mission-
naire apostolique. Abrité derrière ce prêtre le
parti autonomiste voulut tout de bon s'implanter à Metz ; autrement il serait impossible
d'expliquer la candidature de M. Jacques à
cette époque. La Lorraine étant éminemment
catholique, les adversaires de M. Antoine
n'eurent rien de plus pressé que de le nommer
franc-maçon, ce à quoi le député de Metz répondit par un non formel. Le démenti donné
par M. Antoine aussi bien que ses votes à la
session précédente du Reichstag, pour appuyer
les motions du centre tendant à l'abrogation
de la loi d'expatriation des prêtres et des lois
d'exception contre les socialistes, auraient dû
suffire pour déterminer M. Jacques à cesser la
campagne entreprise en compagnie des Allemands contre M. Antoine. Mais les leaders de
l'autonomisme appuyant sérieusement sa candidature leurraient le pauvre abbé sur le résultat final. Le gouvernement se mit de la partie
et exerça une pression inouïe ; c'est ainsi que
l'on voyait les gendarmes arrêter les porteurs

9.

d'affiches et les mettre dans l'impossibilité de continuer leur tournée, ou bien encore saisir affiches et circulaires et lacérer celles qui s'étalaient sur les murs. Les affiches de M. l'abbé Jacques étaient seules respectées. Après avoir marché ainsi la main dans la main avec le parti allemand, l'abbé Jacques, craignant de perdre les voix françaises, voulut attirer à lui ses compatriotes par une circulaire où il saluait en chauvin le drapeau de la France. C'était, disait-il, une marche parallèle avec M. Antoine; mais en trompant cette fois le parti Allemand après avoir trahi le parti messin, M. Jacques mécontenta tout le monde et le résultat des élections fut la victoire de M. Antoine et la défaite de l'autonomisme. Pour compléter le succès de M. Antoine, la cour suprême de Leipzig, en décembre 1884, rendit une ordonnance de non-lieu à la suite de l'accusation de haute trahison portée contre M. Antoine en 1883.

Les partisans de l'autonomisme n'en restèrent pas là et se livrèrent avec plus d'ardeur que jamais à la conquête des électeurs messins. Forts de l'appui du gouvernement ils pouvaient se mettre sérieusement à l'œuvre. Ils mirent

à profit la pensée des Allemands qui conve-
naient, après les élections de 1884, que ce n'é-
tait pas seulement le « parisianisme » des classes riches et instruites qui faisait obstacle au
rapide développement de l'idée allemande dans
le Reichsland. Ils étaient forcés de reconnaître
que, même dans les populations des campagnes,
il y avait des sympathies françaises profondément enracinées, que dans la plus petite commune rurale il y avait des hommes qui avaient
servi dans l'armée française et n'avaient pas
oublié les impressions recueillies dans leur
jeunesse, que dans bien des villages il y avait
nombre de familles dont les fils ou parents sont
français ou habitent en France. Puisque des
sociétés françaises, disaient les Allemands, se
sont donné pour mission d'attirer en France la
jeunesse alsacienne-lorraine, puisque l'émigration alsacienne-lorraine et le chauvinisme
français travaillent tous deux à la même œuvre, déclarait *la Post* de Berlin, « pour réagir
« contre le courant, il faut ouvrir aux Alsaciens-
« Lorrains, qui ont servi dans l'armée alle-
« mande et qui dans leur pays natal n'ont pas
« les ressources nécessaires pour gagner leur

« vie dans de bonnes conditions, il faut ouvrir
« cette perspective et cette facilité dans le
« reste de l'Allemagne ? »

Le journal berlinois allait encore plus loin
et disait : « Pourquoi ne formerions-nous pas
en Allemagne une société analogue à la société parisienne de protection des Alsaciens-
Lorrains. »

Le parti allemand appuyé indirectement par
le parti autonomiste, voulait détourner de la
France les yeux des populations et allécher
celles-ci pour obtenir des voix à ses candidats.

En 1887, M. de Bismarck, en désaccord avec
la majorité du parlement sur la question du
septennat, renvoya les députés devant les électeurs.

En Alsace-Lorraine, les élections de février
1887 furent une protestation aussi énergique
et solennelle que l'avait été celle de 1874,
l'échec de M. le baron Zorn de Bulach en Alsace en est un éclatant témoignage.

L'autonomisme pour donner l'assaut au pays
messin avait pris pour porte-drapeau un Lorrain, membre de la délégation provinciale,
M. Remlinger. Tous les électeurs allemands

dont Metz est infesté se mirent en campagne pour faire passer ce candidat. Le jour des élections, on vit les entrepreneurs des forts conduire aux urnes, dans des chariots aménagés pour la circonstance, des ouvriers ivres-morts à qui l'on mettait en main le bulletin du candidat du gouvernement.

Les vrais Messins, toujours fidèles à la religion du souvenir, pour être allés aux urnes avec moins de tapage, n'en infligèrent pas moins un violent soufflet aux Allemands et chargeaient de nouveau M. Antoine de protester en leur nom contre toute promiscuité avec le germanisme. La France, aux yeux de l'Europe étonnée de cette constante protestation, put se dresser fière d'avoir engendré de tels enfants, mais la chère patrie dut sentir plus cruellement aussi combien elle avait perdu en perdant de tels patriotes.

A la suite de ces élections, le gouvernement prussien expulsait M. Antoine de l'Alsace-Lorraine.

Quand les électeurs furent appelés en 1889 à donner un successeur à M. Antoine, ce fut M. Lanique, un enfant de Metz, qui se présenta sans concurrent. Les travaux des champs, c'était en été, empêchèrent bien des électeurs d'aller aux urnes, aussi M. Lanique avait-il obtenu quelques centaines de voix de moins qu'à toute autre époque de l'année ; en conséquence, il refusa le mandat.

M. l'abbé Dellès, enfant de la Lorraine et curé d'une paroisse de Metz, se présenta aux électeurs et accepta le mandat qu'ils lui décernèrent en 1889 et qu'ils lui renouvelèrent en 1890.

Même les adversaires de la religion catholique ne peuvent qu'applaudir l'abbé Dellès luttant contre l'empire d'Allemagne. Quiconque frappe le germanisme doit être pour les Français un frère d'armes et il ne nous reste plus qu'à lui crier merci d'être resté sur la brèche et vive la France !

DEUXIÈME PARTIE

QUELLES ONT ÉTÉ LES DIFFÉRENTES PHASES
DE LA POLITIQUE SUIVIE EN ALSACE-LORRAINE
ET PARTICULIÈREMENT A METZ
POUR OBTENIR LA GERMANISATION

CHAPITRE PREMIER

1871-1879

Les présidents supérieurs. — Achat des consciences
et dictature.

Il est digne de remarque que, dès août 1870,
avant les grandes batailles de Metz, l'Allemagne constituait déjà le gouvernement d'Alsace-Lorraine. Le plan de M. de Bismarck était
de ne provoquer en aucune façon l'irritation
des populations par sa politique afin de les
gagner de suite à l'Allemagne. Aussi, d'après
la loi votée par le Reichstag pour le gouvernement d'Alsace-Lorraine, tous les fonction-

naires devaient être nommés par le chancelier
de l'empire. La plus haute autorité administrative était le président supérieur d'Alsace-
Lorraine. Quoique placé sous les ordres du
chancelier, ce président supérieur résidait à
Strasbourg. Ce fut M. le comte de Bismarck-
Bohlen qui occupa le premier cette charge,
mais pendant quelques mois seulement, et eut
pour successeur M. de Mœller, qui occupa ce
poste pendant huit ans.

A la tête de la Lorraine, de la Haute-Alsace
et de la Basse-Alsace se trouvaient des préfets
ou présidents prenant le mot d'ordre directement du président supérieur.

L'attitude des préfets de la Lorraine, puisque
c'est plus particulièrement du gouvernement
de ce territoire que nous parlons, était conforme à la politique de séduction inscrite au
premier paragraphe du programme de la germanisation.

A ce poste, en Lorraine, se succédèrent
M. le comte Henckel-Donnersmarck, M. de
Henneritz, M. de Gutschmid, M. le comte
Eulembourg, tous exécutant la même consigne
et tendant à gagner les bonnes grâces de la

population. L'un de ces messieurs se vantait même, en cas de plébiscite pour la nationalité, d'obtenir au bout d'un an de présidence une majorité favorable à l'Allemagne. Selon les calculs prussiens, les nombreuses indemnités de guerre accordées aux Alsaciens-Lorrains devaient contribuer puissamment à jeter nos compatriotes dans les bras de l'Allemagne. Il faut avouer d'ailleurs que la somme distribuée en Alsace-Lorraine est assez rondelette : *cent quarante millions de francs*, dont plus de *soixante-huit millions* en Lorraine. D'après une statistique que nous avons sous les yeux, l'indemnité la plus basse a été de 14 pfennigs (liards) et la plus élevée a été de 715,000 fr. Nous ne croyons pas que les Allemands aient lu dans la chronique de Metz les vers du châtelain Jean :

> On dit souvent qu'*amour* fait moult
> Mais par-dessus *argent* fait tout
> Tant fussent-ils puissant et grant gent
> Deschassez furent par argent.

L'historien indiquait par là, comment aux XIII⁰ et XIV⁰ siècles, les Messins, et en 1871 les Français, avaient réussi à repousser leurs ennemis, mais il ne disait pas que l'argent fût un appât irrésistible pour les Messins, dont les consciences ne s'achètent pas, comme les Allemands ont pu le constater depuis.

La partie française de la Lorraine a plus que les autres bénéficié des largesses faites par M. de Bismarck, ce qui amène à croire que le gouvernement la supposait la plus récalcitrante à l'intrusion germanique. Pendant quelque temps, ce fut comme une pluie d'argent ; quelques personnes même recevaient des sommes plus fortes que celles indiquées dans leur réclamation. Tout donnait lieu à indemnité, meubles et immeubles ; aussi vit-on bientôt régner une certaine activité dans les campagnes qui surgissaient de leurs ruines. Les Allemands ne cachaient pas leur joie de faire peau neuve dans les campagnes et l'espoir d'y faire oublier les horreurs de la guerre et de l'annexion ; ils devaient être dupés.

Les fonctionnaires avaient ordre dès le début, en cas de litige, de se rallier aux annexés, soit que ceux-ci aient invoqué ce qui s'était fait précédemment, soit que le cas se soit trouvé tranché par un texte de la loi française. En ma-

tière de police cependant, des dispositions
nouvelles abrogeaient les lois précédentes, la
tolérance n'était plus la même. Cette tolérance
ou modération apparaissait plutôt dans les
décisions de l'autorité supérieure que dans la
manière d'agir des subalternes qui ne pouvaient pas se décider à voiler la haine de leur
cœur. Devant une prétention excessive des
subalternes on pouvait recourir aux supérieurs
avec quelque espoir d'obtenir justice.

Les fonctionnaires inférieurs affectaient
toujours un certain dédain pour les annexés
au lieu de la modération conseillée. Il est
permis de voir dans les façons méprisantes
de ces subalternes les causes des divers changements apportés successivement dans le gouvernement de l'Alsace-Lorraine. A ces petits
fonctionnaires avaient évidemment été com-
muniquées les instructions pour aboutir à
l'apaisement, mais leur antagonisme rageur
a toujours hésité à les mettre en pratique, et
s'ils avaient été les maîtres ils auraient toujours appliqué le : *Væ victis !* S'ils obéissaient,
du moins faisaient-ils sentir aux annexés que
l'obéissance seule les faisait agir. Il est bon

d'ajouter que ces fonctionnaires n'étaient pas la fine fleur du genre, comme en témoignent ces quelques lignes de la *Gazette de l'Allemagne du Nord* : « Il est incontestable que certaines individualités, après avoir fait naufrage ailleurs, doivent à un heureux hasard d'avoir trouvé un emploi en Alsace-Lorraine. » A part quelques exceptions, c'était une écume et dont on pouvait dire avec le poète :

Le flot qui l'apporta recule épouvanté.

C'était de toutes façons des individus tarés et le plus souvent des commerçants faillis ou ayant tout au moins fait de mauvaises affaires dans leur pays et qui venaient tenter la fortune en Alsace-Lorraine.

Il est bon de noter à ce propos le petit entrefilet qui paraissait en 1872 dans le *Courrier de la Meurthe et des Vosges* : « Le commerce de Metz s'éteint, mais il ne laisse pas de créanciers. » A peine les Allemands étaient-ils arrivés que les faillites commençaient à pleuvoir, comme on a pu le constater par le discours de M. Bezançon au Reichstag.

La Lorraine a toujours été un pays éminemment catholique, aussi les conquérants exercèrent-ils dès le commencement leur campagne de modération à l'égard du clergé dont ils auraient désiré s'attacher les sympathies ou tout au moins acheter la neutralité, Dans le budget de l'Alsace-Lorraine de 1872 le gouvernement augmenta le traitement de tous les membres du clergé. M. de Bismarck, en espérant rallier ainsi les prêtres par la vénalité, jugeait bien mal le clergé d'Alsace-Lorraine qui a toujours été si profondément attaché à la patrie française. Tous les prêtres annexés montrèrent de suite au chancelier qu'il les jugeait mal, car ils ne se gênèrent pas pour, du haut de la chaire de vérité, former des vœux enthousiastes pour la régénération de la France.

Une raison plus forte dictait un instant cette modération envers le clergé, c'était le désir du gouvernement de gagner à lui l'évêque de Metz en paraissant favoriser son clergé. Aussi à la préfecture de Metz les intentions à l'égard des ecclésiastiques étaient presque toujours conciliantes, et quand quelques maires étaient portés à s'exagérer leur pouvoir contre les curés, l'administration donnait droit aux ecclésiastiques.

La nation allemande avait joué le rôle de gobe-mouches en prenant au sérieux les hérésies historiques des livres classiques et la vantardise de la presse. En Alsace-Lorraine, il existait une profonde aversion contre l'Allemagne. Sur cette terrible frontière, depuis les temps les plus reculés, les populations savaient que si à l'actif de la France il fallait inscrire la civilisation et la richesse, au programme de l'Allemagne on lisait l'oppression du plus pur féodalisme.

Dès la fin de l'année 1872, les vainqueurs pouvaient constater leur erreur et reconnaître que le pays ne les aimait pas. Ils restaient stupéfaits devant l'extension que prenait l'engouement des départs. Cette attitude consterna les vainqueurs, car aux yeux de l'Europe éclatait la violence faite par l'Allemagne aux sentiments des Alsaciens-Lorrains ; pour toujours cet acte brutal frappait la nation allemande du signe de la sauvagerie, et le nom « prussien » signifiait désormais abus de la force.

A la campagne comme dans la ville, les

optants affluaient dans les bureaux de la police,
de la préfecture, et des mairies. A ce moment,
le chancelier de fer dut s'avouer qu'il s'était
légèrement trompé sur l'affection que les Alsaciens-Lorrains ressentaient pour lui. Ce qui
permettait à M. de Bismarck et consorts de
s'abuser encore un peu à cette époque sur les
sentiments de nos compatriotes, c'est qu'il n'y
avait pas d'occasion favorable à une protestation, les tribunaux de commerce et les muni-
cipalités étant composés d'anciens Messins.
Le nouveau régime put donc croire jusque-là
avoir rencontré quelque peu de bienveillance.

Les élections des conseillers généraux
eurent d'abord lieu. Il faut se rappeler que
chaque conseiller général doit prêter le serment politique. Les conseillers généraux élus
à Metz se refusèrent à prêter le serment. Ce
n''était là qu'une première escarmouche et la
protestation se faisait déjà sentir avec téna-
cité. Arrivèrent bientôt après, en 1874, les élections des députés au Reichstag; le pays se
levait en masse, juifs, catholiques et protestants nommèrent l'évêque de Metz.

M. de Bismarck, nourrissant l'espoir de

montrer à toute l'Europe la justice de sa politique par l'approbation que donnerait le vote
des habitants des pays annexés, avait cru
pouvoir tenter les élections; le soufflet fut
d'autant plus dur à supporter.

Le récit en farce en fut fait.

Le Jupiter berlinois commença dès lors à
froncer le sourcil et à employer la rigueur
contre « ces enfants rebelles qui ne compre-
naient pas que le maître de céans ne désirait
que leur bien ».

Si, un peu auparavant, nous avons vu le
chancelier essayer de s'attirer la bienveillance
du clergé, cette fois, c'est contre lui qu'il veut
porter ses coups les plus violents. « Ah ! vous
m'avez dépêché votre évêque, pensa le chancelier, eh bien ! moi, je vous envoie le comte
d'Arnim comme préfet, je vais lui donner
carte blanche pour vous prouver qu'il est
l'ennemi déclaré du clergé. »

Ce préfet, à l'encontre de ses prédécesseurs,
étala son âcreté de caractère, supprima tout
essai de conciliation, et s'acharna à répandre
partout le mécontentement. A sa suite se dé-

chaîna toute la séquelle des petits fonctionnaires dont la haine s'était bien difficilement
·contenue jusqu'alors.

Le comte d'Arnim s'attaqua tout d'abord
aux journaux dont il supprima le colportage.
Puis, en juin 1874, il interdit les processions
sous prétexte que c'était pour les Messins une
façon d'étaler leurs sentiments patriotiques,
et que d'ailleurs cela gênait le culte protestant. Ni l'une ni l'autre de ces raisons n'étaient
valables, comme en témoignent les journaux
de l'époque, mais c'était une des phases de la
guerre que le gouvernement déclarait aux
Alsaciens-Lorrains en réponse à leur protestation au Reichstag. C'était étroit et surtout
maladroit. Comme nous l'avons déjà indiqué,
la grande majorité de la population messine
est catholique, c'était donc l'attaquer dans un de
ses sentiments les plus intimes et exciter davantage en elle l'horreur du régime prussien.

On était loin alors de la modération adoptée
d'abord comme principe de gouvernement;
c'était en premier lieu la germanisation par la
séduction mais dès lors ce fut la germanisation
par contrainte.

Cela touchait parfois même au burlesque.
En effet, quelques semaines après avoir dicté
les mesures précédentes, le préfet s'attaquait
à la girouette placée à l'extrémité de la flèche
de la cathédrale, et voulait faire recouvrir les
couleurs du drapeau français par une couche
de peinture grise. Une brave famille d'ouvriers
avait toujours eu comme lot le soin de monter et de démonter le drapeau en fer-blanc qui
terminait la flèche, ou bien de hisser à la
même hauteur l'immense oriflamme aux jours
des fêtes nationales. Le préfet allemand enjoignit donc au représentant de cette famille
de substituer les couleurs allemandes aux
couleurs françaises, mais il essuya un refus.

Voyant qu'il avait affaire à un ouvrier, le
préfet fit appeler notre homme au bout de
quelques jours et lui offrit dix thalers (le thaler
vaut 3 fr. 75) pour le décider, mais le brave
Messin déclina l'offre.

Le préfet haussa la somme, promit cinquante thalers et l'ouvrier refusa encore. Le
fonctionnaire allemand offrit enfin cent thalers pour dompter l'obstination, mais il eut
beau insister, l'ouvrier demeura inébranlable.

Les Messins, informés de la réponse patriotique de ce père de famille, récompensèrent
son fier refus en lui donnant une somme équi-
valente à celle offerte par le préfet.

Le comte d'Arnim essuya partout des refus
à ce propos. Des menaces de mort furent
même prononcées un jour contre un entrepre-
neur que l'on avait soupçonné de vouloir em-
baucher des étrangers pour faire le coup, et
ce n'est qu'en prouvant la fausseté du fait par
des attestations émanant de l'autorité allemande qu'il put regagner l'estime publique.

Quelques entreprenants soldats bavarois
se risquèrent et recouvrirent d'une teinte ar-
gentée les vieilles couleurs françaises. M. le
comte d'Arnim put de nouveau dormir tran-
quille après cet exploit qui vexait quelque peu
les Messins. Il ne s'arrêta pas en si bonne
voie et clôtura l'année 1874 en fermant l'école
trop française des Frères de la doctrine chrétienne de Beauregard. Il fit fermer en même
temps la maison dite de M. l'abbé Risse, où
les jeunes ouvriers messins venaient passer
honnêtement leurs soirées et leurs jours de
fête sans qu'il leur en coutât le moindre denier.

Ajoutant foi à de faux rapports, l'autorité préfectorale alléguait que c'était un foyer de propagande française et que le vénérable abbé avait parlé du gouvernement en termes inqualifiables.

L'espionnage était devenu un instrument de règne, et les agents du gouvernement guettaient partout la moindre démarche capable de porter ombrage aux conquérants, et pour la moindre imprudence vous faisaient traîner sur les bancs de la police correctionnelle.

L'ère de la tyrannie était ouverte, il fallait qu'il n'y ait plus de trêve, il importait surtout que le préfet ne se lassât pas; aussi, en janvier 1873, M. de Puttkamer succédait au comte d'Arnim.

Frais et dispos, M. de Puttkamer engageait de suite la bataillle, et, dès février, il fait saisir chez l'imprimeur le mandement de l'évêque de Metz pour le carème de 1875. Cet écrit traitait de la communion des âmes unies par la prière et établissait une relation entre le ciel et la terre; le saint évêque nous montrait nos ancêtres intercédant auprès de Dieu pour la patrie terrestre.

L'autorité prussienne aurait désiré que le
prélat retranchât certains passages ; l'évêque
s'y refusa, n'admettant pas l'ingérence civile
en matière doctrinale. A ce propos, nous mettons sous les yeux du lecteur une pièce émanant d'un kreisdirektor : « Quand votre curé
« aura lu en chaire le mandement de l'évêque
« de Metz pour le présent carême, vous vou-
« drez bien me faire savoir, par l'intermé-
« diaire de M. l'inspecteur primaire, si le
« mandement a été lu en entier et quel a été
« le sens de la partie non dispositive si elle a
« été lue. » L'espionnage avec un caractère
officiel venait au secours de la dictature.

Une fois lancé dans la voie des vexations, le
gouvernement ne s'arrêta plus. Il enjoignit
aux évêques de faire lire en chaire la formule
d'usage, invoquant la bénédiction divine pour
l'empire d'Allemagne, l'empereur, et l'Alsace-
Lorraine. Certes, plus d'un prêtre sentit son
cœur bondir devant cette nouvelle insulte à
son patriotisme, mais l'ordre était là, il fallait
s'exécuter.

Enfin l'application du système monétaire
allemand devenait obligatoire et, sans les

10.

transitions nécessaires, les monnaies d'argent et de cuivre du système monnétaire français ne devaient plus avoir cours en Alsace-Lorraine à partir du 1ᵉʳ octobre 1875, ce qui amenait des pertes sérieuses. C'était clôturer l'année en causant de nouveaux détriments à la population ouvrière et au commerce.

En parlant, au commencement de ce chapitre, de la modération recommandée par M. de Bismarck pour attirer à lui l'Alsace-Lorraine, nous avons fait remarquer que si le plaignant invoquait la loi française, on lui accordait facilement justice. Mais en 1876, il n'en était plus de même; en dehors des dispositions du Code français, il fallait compter encore avec les rigueurs et les obscurités du Code allemand. Les fonctionnaires de M. de Bismarck enchevêtraient alors à plaisir les deux législations; il y avait absence de toute méthode au profit de ces haineuses petites autorités qui prenaient ainsi contre les Alsaciens-Lorrains les décisions les moins justifiées. Ce qui se passait à ce propos est inouï, tout se décidait à l'avantage du gouvernement. Le plaignant espérait-il obtenir gain de cause

en invoquant tel ou tel article de la loi allemande, l'autorité s'empressait alors de lui
opposer un article de la loi française annulant
le précédent.

On voulait écraser nos compatriotes avec
l'espoir d'obtenir par ces coutumes du moyen
âge l'adhésion que n'avait pu capter une conciliation perfide. Il faut reconnaître que la
ville de Metz en était venue à une situation
extrêmement critique par suite des charges
toujours croissantes imposées par le gouvernement. L'émigration de la partie la plus aisée
des anciens habitants avait aussi contribué à
cette pénurie de revenus, et, d'après un rapport
officiel, on constatait alors plus de *trois mille*
logements inhabités. On espérait que la population pour obtenir grâce changerait de sentiments. C'est en effet à ce moment, en janvier 1877, que, pour mettre le comble à ses
tracasseries, le gouvernement révoquait M. Bezançon de ses fonctions de maire, contrairement
au texte de la loi et au vote unanime du
du conseil municipal. M. Bezançon était maire
de Metz depuis 1871.

Cette illégalité, allant de plus à l'encontre

des sympathies de la population, était loin de servir les intérêts de l'Allemagne, et le gouvernement dut constater, à part lui, l'immense recul que cette mesure avait provoqué dans les progrès possibles de la germanisation.

Sans vouloir insister sur la facilité avec laquelle les Prussiens tournent les lois, il est cependant curieux de voir comme, pour le besoin de leur cause, ils vont contre leur argumentation précédente. Le président de la Lorraine, M. de Puttkamer adressait au conseil municipal de Metz un arrêté. Voici la teneur de l'article 1er : « Les fonctions de maire de la ville de Metz sont conférées à M. le baron de Freyberg, directeur impérial du cercle, en qualité de commissaire extraordinaire. » Or, le même M. de Puttkamer à la séance du 6 décembre 1876 au Reichstag avait tenu un langage tout à fait opposé. L'autorité allemande, réglant tout par des actes de bon plaisir, se déjugeait donc en un mois de temps.

M. Bezançon fut acclamé comme député du pays messin et, quelque temps après, l'empereur Guillaume faisait sa première visite à Metz.

Sans nous étendre sur les détails de cette visite de l'empereur d'Allemagne à Metz, nous rappellerons cependant que par leur inqualifiable maladresse les Allemands incendièrent le 6 mai 1877 la magnifique cathédrale de cette cité.

Les Messins ne firent aucune réception à l'empereur ; le conseil municipal refusa à l'unanimité la somme de 5,000 francs que l'administrateur prussien demandait pour cette occasion et le gouvernement ne changea rien non plus à ses façons dictatoriales.

A la fin de mai 1877, le préfet ordonnait la saisie d'une lettre circulaire que Mgr Du Pont des Loges adressait aux curés de son diocèse à l'occasion du 50ᵉ anniversaire de la consécration épiscopale du Souverain Pontife. Enfin, toujours plus provocant, le maire imposé baron de Freyberg, à la fête de la Toussaint de la même année, faisait enlever les drapeaux tricolores qui avaient orné jusqu'alors les tombes des soldats français.

En 1878, plein de suffisance et poussé par le gouvernement de Berlin, le même baron de Freyberg se présenta aux Messins comme candidat à la députation, et M. Bezançon fut

élu. Le gouvernement pouvait se convaincre
du peu de succès de ses rigueurs. Les Alsaciens-Lorrains étaient et voulaient demeurer
attachés à la France. Les vexations les plus
mesquines étaient insuffisantes à attaquer ce
sentiment.

Il ressort de l'étude de cette première
époque de la politique allemande que la
germanisation a pu s'établir dans les choses,
mais pas encore dans les sentiments. Les
vainqueurs ont pu donner à tout une tein-
ture allemande, excepté au caractère des
annexés.

Si, par impossible, nos compatriotes eussent
pu oublier leur ancienne patrie, les fonctionnaires du gouvernement n'étaient pas à la
hauteur de la tâche. Des gens échoués un peu
de partout avec la haine du Français dans le
cœur ne pouvaient que jalouser avec aigreur
des hommes honnêtes qui se sacrifiaient pour
leur patrie. Cette rivalité continuelle empêchait
tout progrès de la germanisation.

CHAPITRE II

1879-1885

Nouvelle organisation de l'Alsace-Lorraine.
Gouvernement personnel du maréchal Manteuffel.

Le prince de Bismarck, considérant l'Alsace-Lorraine comme un malade qui entrerait dans la période de convalescence, voulut la gratifier d'un régime plus large, relativement cela va sans dire. En 1879, le grand chancelier pesa le pour et le contre d'une motion dont le but était de doter l'Alsace-Lorraine d'un gouvernement autonome, et transféra à Strasbourg le gouvernement centralisé jusque-là à Berlin. Il institua un stathoudérat dont le chef n'est pas un prince indépendant, mais un homme investi d'une partie de l'autorité souveraine. Le programme consistait à accorder un ensemble de libertés locales, mais surtout visait à rallier au nouveau chef ceux de nos compatriotes pour qui le joug allemand avait été trop immédiat.

Ce devait être une politique d'apaisement comme le déclarait le secrétaire d'Etat, M. de Hofmann.

Cette nouvelle politique, de l'aveu de M. de Bismarck, tendait à infiltrer davantage l'esprit germanique dans les populations d'Alsace-Lorraine en gagnant un peu plus leurs sympathies. Le chancelier avait une bien moindre confiance qu'en 1871 dans la germanisation de ce pays, mais, désireux malgré tout d'arriver au but, il comprit qu'un autre régime un peu plus adouci servirait mieux ses plans et c'est ce qui le porta à donner une sorte d'autonomie aux pays conquis.

Pendant un instant, le vieux diplomate s'était posé la question de savoir s'il avait été habile de réunir l'Alsace et la Lorraine, et si l'Alsace séparée de la Lorraine n'arriverait pas plus vite et plus facilement à se consolider. Mais, considérée tant sous le rapport politique que sous le rapport militaire la question n'apparut pas assez mûre. Selon toute prévision au lieu d'obtenir l'apaisement le gouvernement allait surexciter toutes les haines en rouvrant des blessures encore saignantes comme le firent remarquer les députés d'Alsace-Lorraine qui protestèrent au Reichstag contre cette séparation. Le député de Metz, M. Bezançon rappela au nom de ses collègues que si jadis les liens entre l'Alsace et la Lorraine avaient peut-être été moins intimes, ils avaient acquis par l'annexion une force nouvelle et incontestable ; il termina son discours par ce cri approuvé unanimement par nos compatriotes. « Lorrains et Alsaciens, unis par la même pensée et frères par le cœur, nous voulons partager la même destinée !... »

Le transfert de la section d'Alsace-Lorraine devenue indépendante par suite de la loi sur la suppléance eut donc lieu. L'homme placé à la tête de cette section était investi aussi d'une autorité plus grande et était le lieutenant de l'empereur, un gouverneur auquel on attribuait quelques-unes des prérogatives qui, d'après le droit français, appartiennent au souverain. On sait en effet que le droit français accorde au souverain des droits personnels d'intervention et de signature plus étendus que ne le fait le droit allemand. C'était donc un pouvoir plus étendu que celui dont disposait jusque-là le président supérieur. C'était l'établissement d'un stathoudérat avec un ministère responsable, c'est-à-dire une organisation semblable à celle d'un grand-duché avec des directeurs ministériels résidant dans le pays.

Le ministère d'Alsace-Lorraine est divisé en quatre sections : I. Intérieur, culte, instruction, publique. — II. Justice. — III. Finances et domaines. — IV. Industrie, agriculture, travaux publics. A la tête de chacune de ces sections se trouve un sous-secrétaire d'Etat sous les ordres duquel sont placés des directeurs, des conseillers et des fonctionnaires en nombre nécessaire. C'est le sous-secrétaire d'Etat le plus ancien en service qui remplace le secrétaire d'Etat en cas d'empêchement.

M. de Bismarck accordait en même temps à l'Alsace-Lorraine le droit de se faire représenter au conseil fédéral par des commissaires délégués par le gouvernement lorsqu'il s'agirait de projets de loi concernant les pays annexés, ou encore pour défendre les intérêts de ces pays impliqués dans les projets de loi d'Empire. L'article de loi concernant le conseil impérial subit aussi quelques modifications. Le conseil impérial (sorte de juridiction administrative répondant à peu près au conseil d'État français) présidé par le gouverneur d'Alsace-Lorraine, est composé comme il suit : le secrétaire d'État, le sous-secrétaire, le président du tribunal supérieur, les premiers fonctionnaires du parquet de ce tribunal, et huit membres nommés par l'empereur. De ces membres, trois sont nommés sur la proposition du Landesausschuss et les cinq autres, dont l'un au moins devra faire partie de la magistrature et un autre appartenir au corps des professeurs de l'université de Strasbourg, sont choisis par l'empereur pour une période de trois ans. Voici le texte du règlement de ce conseil d'État :

ARTICLE PREMIER. — Toutes les discussions du conseil impérial, tant verbales que écrites, auront lieu exclusivement en langue allemande.

ART. 2. — Les membres du conseil jurent

de garder le secret sur toutes les délibérations et sur toutes les affaires qui le concernent.

Art. 3. — Le statthalter ou le secrétaire d'État lorsqu'il préside le conseil en lieu et place du statthalter ne prend aucune part aux votes.

Art. 4. — La direction des affaires du conseil impérial incombe au statthalter, qui en règle les détails.

Tandis que ce conseil impérial était provisoirement composé de dix membres, la délégation d'Alsace-Lorraine vit porter le nombre de ses membres à cinquante-huit ; comme précédemment, l'empereur peut ajourner et dissoudre la délégation selon son bon plaisir.

D'après la loi, le gouverneur est nommé et révoqué par l'empereur ; il exerce en même temps les attributions et les obligations qui incombent au chancelier dans les affaires de l'Alsace-Lorraine, mais les ordonnances et prescriptions du gouverneur doivent pour leur validité être contresignées par le secrétaire d'État qui en prend la responsabilité. Au gouverneur seul est réservé le droit de procéder aux actes administratifs relatifs à certaines affaires prévues par l'article 2 de la loi sur l'organisation de l'Alsace-Lorraine.

Le feld-maréchal baron de Manteuffel fut nommé gouverneur d'Alsace-Lorraine avec un traitement de 225,000 francs. En septembre 1879, le maréchal prit possession de son poste en remplacement de M. de Mœller qui remplissait depuis huit ans la charge de président supérieur d'Alsace-Lorraine. Le gouvernement impérial savait comme M. de Manteuffel avait réussi autrefois à se faire des amis dans la Lorraine française, notamment à Nancy, qu'il occupa avec son corps d'armée jusqu'au règlement des cinq milliards. Aussi n'y eut-il pas à s'étonner d'entendre le nouveau gouverneur déclarer qu'il consacrait le reste de sa vie à conquérir pour l'Alsace-Lorraine la pleine indépendance dans l'empire. Et pour atteindre ce but il pensait :

Plus fait douceur que violence.

Aussitôt arrivé en Alsace-Lorraine le nouveau gouverneur se mit à l'œuvre et commença par visiter les différentes villes. Il se plaisait à faire entendre à tout propos que l'Allemagne inaugurait une nouvelle ère politique dans les pays conquis, et voulait employer désormais une façon moins rude pour germaniser nos compatriotes. Il semblait avoir hâte à se présenter avec douceur aux Alsaciens-Lorrains; on retrouvait en lui l'homme qui avait toujours aimé à se faire des amis. Avant de montrer sa bonne volonté en action, il est bon de donner quelque échantillon de son programme. Prenons-le donc à sa première visite à Metz, le 16 octobre 1879. « A mon « entrée dans Metz, dit-il, se sont présentés « comme vivants devant mon âme le sang « que j'ai vu verser dans les champs autour « de Metz et les nombreuses réflexions que « j'ai faites la nuit pour lui faire du mal. Mais « je réfléchirai encore bien plus aujourd'hui « sur la manière de faire du bien au pays et « je concentre dans cette pensée tous mes « sens et toutes mes facultés..... Ici en Lor- « raine il est presque plus encore notre devoir « de faire tous **nos** efforts pour faciliter au « pays la transition au nouvel état de choses, « car en Alsace il y a bien plus de souvenirs « historiques qui nous ramènent à l'Allemagne

« qu'ici en Lorraine. Mais je prie ces messieurs
« de Lorraine d'entrer avec une entière con-
« fiance dans le nouvel état de choses et de
« se rendre un compte bien exact de la vraie
« situation. Représentez-vous que nous vi-
« vions en paix et repos, que l'empereur
« Napoléon nous a mis le pistolet sur la poi-
« trine et nous a obligés de défendre notre
« patrie. Le sang de nos fils a aussi coulé,
« Dieu a décidé en notre faveur. Si nous avions
« été battus, je le demande à chacun, aurions-
« nous conservé un seul village de ce côté-ci
« du Rhin. Comme nous avons vaincu, nous
« avons garanti notre frontière et Metz fait
« partie de notre garantie et avec l'aide de
« Dieu elle sauvegardera de nouveau sa
« renommée virginale si elle devait être atta-
« quée. Je ressens avec vous combien il doit
« vous être pénible d'être séparés de la France
« si distinguée par son esprit et sa vie inté-
« rieure ; mais maintenant vous appartenez à
« l'Allemagne ; attachez-vous à elle ouverte-
« ment et loyalement, sans arrière-pensée.
« C'est ce qu'exige votre devoir envers l'Al-
« sace-Lorraine. Unissons-nous sur le terrain

« commun afin de travailler dans l'intérêt et
« pour le bien-être de ce pays. Je ne puis rien
« faire, si les Alsaciens-Lorrains ne font pas
« preuve de patriotisme. A moi aussi il devient
« souvent difficile de conserver une entière
« confiance. C'est ainsi qu'on a mis sous mes
« yeux des articles de journaux où il est
« question du serment que prêtent les mem-
« bres des conseils d'arrondissement, des
« conseils généraux et de la délégation pro-
« vinciale. Dans ces articles, il est dit qu'on
« doit prêter le serment et qu'en le faisant on
« peut néanmoins penser ce que l'on veut.
« Une âme allemande recule d'effroi, et même
« dans le chevaleresque pays de Bayard, une
« pareille argutie, qui n'est ni allemande ni
« française, révolte. J'ai reçu aujourd'hui une
« lettre qui nous menace entre autres d'un
« ouragan de l'Ouest..... En ce qui concerne
« l'ouragan dont nous sommes menacés de
« l'Ouest et qui nous repousserait au delà du
« Rhin, je ne désire pas cet ouragan, mais
« vraiment, bien qu'âgé de plus de soixante-
« dix ans, je ne le crains pas. Et s'il est dit
« dans cette lettre que je ne dois pas me

« donner la peine de faire la cour aux Alsa-
« ciens-Lorrains, attendu que ce serait en vain ;
« oui, messieurs, je veux faire la cour aux
« Alsaciens-Lorrains *parce que je comprends*
« *leurs sentiments*. Mais cette considération
« cessera — je le dis hautement — dès qu'ils
« voudraient pactiser avec l'étranger..... »

C'était bien là le langage d'un homme qui
était persuadé que les Alsaciens-Lorrains ne
pouvaient pas plus opposer de difficultés à se
joindre à l'empire allemand que n'en avaient
fait les populations de l'Allemagne du Sud
que notre patriotique illusion, en 1870, nous
représentait comme prêtes à se joindre à nous
dès la première bataille.

Sous le manteau du gouverneur d'Alsace-
Lorraine on sentait parler le soldat attaché à
son pays et le serviteur intègre et habile de
l'empereur Guillaume Ier. Le baron de Manteuffel était un vieil ami intime de l'empereur,
qui l'avait jugé d'autant plus digne de ce poste
que le maréchal avait non seulement l'expérience des batailles, mais aussi celle de la politique. Manteuffel réunissait en lui des qualités qui en faisaient un homme supérieur, et

11.

pour s'en convaincre il suffit de jeter un coup
d'œil sur les différentes situations qu'il a occupées, toutes témoignent de la grande confiance qu'il inspirait en haut lieu. En effet,
comme directeur ministériel, il était chargé de
la réforme du personnel des officiers ; comme
ambassadeur en Russie, il devait s'opposer à
la destruction de la confédération germanique,
enfin comme chef d'armée il eût la délicate
mission de rester le dernier sur le territoire
français après la conclusion du traité de Francfort. On pouvait dire de lui avec Bossuet qu'il
était « également actif et infatigable dans la
paix et dans la guerre ». Manteuffel, en arrivant
en Alsace-Lorraine, s'était dit aussi avec l'aigle
de Meaux : « Quand une fois on a trouvé le
moyen de prendre la multitude par l'appât de
la liberté, elle suit en aveugle, pourvu qu'elle
en entende seulement le nom » ; et à sa première visite à Metz il prononçait les paroles
libérales suivantes : « Je consacre le reste de
« ma vie à conquérir pour l'Alsace-Lorraine
« la pleine indépendance dans l'empire. »
Mais de cette indépendance-là nos compatriotes ne se soucient guère, leurs vœux ten-

dent vers la France. Autant que l'on en peut juger par ce discours-programme et par les rapports sur la vie intime de M. de Manteuffel, il éprouvait une admiration très marquée pour le génie français, ce qui explique pourquoi les Alsaciens-Lorrains l'ont préféré aux prédécesseurs et au successeur, tout en refusant de le suivre dans son invitation à se jeter dans les bras de la maritorne Germania.

Après avoir déclaré aux Messins son désir de leur être favorable, il se mit de suite à l'œuvre pour gagner les cœurs par une bienveillante sollicitude, et leur montrer que sa personne amenait un revirement complet dans la politique qui régissait le pays. Il fait annoncer par les journaux qu'il recevra tous les samedis de dix heures à une heure, toutes les personnes qui désireraient lui parler sans s'être préalablement fait annoncer.

Dans ses promenades quotidiennes à Strasbourg il s'empressait de saluer, et le premier, tous les notables. Il agissait de même à Metz et nous l'avons même vu dans cette ville descendre du trottoir pour céder le pas à une religieuse. Sa passion, ainsi qu'il l'avait déjà

montré en France, était d'être populaire et
aussi bien auprès des jeunes qu'auprès des
hommes mûrs. Nous nous rappelons à ce sujet qu'un jour à Metz, devant des élèves se
destinant à entrer à l'université de Strasbourg,
le maréchal se prit à leur raconter, à la façon
d'un bon papa, qu'il n'aimait pas beaucoup
l'étude autrefois et qu'il ne pouvait étudier
un théorème de géométrie que le bock de
bière à la main ; aussi à dix-sept ans avait-il
demandé à s'engager, ce qui ne l'avait pas em-
pêché d'arriver au grade de chef de corps d'armée. Il allait répétant toujours : « Je veux que
tout le monde soit content. » Il fit un premier
pas franchement dans la voie d'apaisement en
mars 1880, il leva alors la censure qui pesait
sur les journaux français.

Contrairement à ce qui se passait avant 1879,
quoique protestant, il s'étudiait à faire la cour
au clergé catholique, auquel il témoigna publiquement sa faveur en autorisant la réou-
verture du petit séminaire de Zillisheim en
Alsace, et en rendant chaque fois visite à
Mgr Du Pont des Loges à Metz, avant de voir
tout autre fonctionnaire. De même aussi, en

parcourant les villages, il ne manquait jamais
de faire une visite au curé de la paroisse.

Rencontrait-il quelque brave paysan, il l'accostait, s'informait de ses intérêts, de la santé
de ses enfants, entrait le cas échéant dans une
étable pour voir l'état du bétail. Il voulait par
là se rendre populaire ; mais si les habitants
des campagnes disaient de lui : « C'est un brave
homme », ils ne manquaient pas d'ajouter :
« N'empêche, là, c'est tout de même un Prussien ! » Les élections l'ont toujours prouvé,
il y avait une barrière infranchissable entre
l'Alsace-Lorraine et M. de Manteuffel : le germanisme.

Ce qui inclinait le nouveau gouverneur à
croire à la réussite de son œuvre, c'est le profond respect de la loi qui régnait parmi les
populations, ce qui tient au caractère des habitants dont la coutume est d'agir, partant de
voter, sans faire grand tapage. Non pas que
nos compatriotes admettent les règlements
administratifs comme des prescriptions dictées
par une autorité immuable ; non, loin de là,
mais plutôt comme une sujétion aussi variable
que la fortune et qu'ils ont toujours l'espoir

de lasser par leur constance. La franchise des annexés plaisait beaucoup aussi à ce militaire à qui ils ne donnaient cependant pas le change sur leurs vrais sentiments. Le maréchal était persuadé, lui aussi, qu'il fallait du temps et de la patience pour arriver à la germanisation, et il répétait souvent : « De pareilles conquêtes ne s'emportent pas à l'assaut » ; ou bien encore cette phrase qu'il adressait en 1880 aux membres de la délégation d'Alsace-Lorraine : « Je ne vous demande pas aujourd'hui « déjà des sympathies pour cet état de choses ; « je conseille simplement au pays de se per- « suader que cette situation est définitive. »

Il désirait donc que les fonctionnaires travaillent avec lui dans le sens de l'apaisement. A l'occasion il ne reculait pas devant une admonestation à ses fonctionnaires, et au besoin, si l'un d'eux était devenu impossible soit par incapacité, soit par mauvais vouloir, il le mettait en disponibilité, comme il arriva en 1880 au baron de Reizenstein, président de la Lorraine. C'est là un des points dignes de remarque dans le gouvernement du maréchal, il voulait être personnel, préférant suivre ses inclinations plutôt que la bureaucratie. Il avait besoin d'être secondé par ses fonctionnaires ; mais ceux-ci, indignés d'être obligés de ménager ceux qu'ils avaient molestés naguère, ne l'aidèrent pas et le firent décrier en secret. Une certaine partie de la presse allemande se mit à blâmer une pareille politique. On essaya même de jeter à ce sujet la méfiance entre le chancelier et le maréchal, mais ce dernier, fort de l'amitié de l'empereur, continuait toujours son œuvre sans craindre davantage les attaques dont son administration pourrait devenir l'objet à la tribune du Reichstag.

Voici d'ailleurs comment dans un discours M. de Manteuffel se défendit lui-même. « Les « journaux ont prétendu que je ne défendais, « que je ne couvrais pas les fonctionnaires qui « servent sous moi. Je réponds en jetant dans « la balance un passé de cinquante ans. Du « jour où j'ai fait manœuvrer des recrues, j'ai « défendu le soldat qui faisait son devoir en « tout et partout où c'était nécessaire. Et ce « principe j'y suis resté fidèle dans toutes les « positions que ma destinée m'a fait occuper « et je ne l'ai pas abandonné en Alsace-Lor-

« raine. Défendre, couvrir aveuglément des
« actes par ce simple motif que ces actes sont
« accomplis par des fonctionnaires, le fonction-
« narisme allemand y répugnerait et ce dogme
« n'est pas inscrit dans mon catéchisme à moi.

« Les journaux prétendent en outre que je
« suis complètement sous l'influence des révé-
« rendissimes évêques de Strasbourg et de
« Metz. Ces prélats ont tous deux atteint un
« âge encore plus avancé que le mien. Que je
« sois vis-à-vis d'eux poli, prévenant, et plein
« d'égards, cela tient à toute mon éducation ;
« si je reconnais la position et les droits de
« l'église, c'est parce que les lois du pays et
« mes propres convictions l'exigent. Mais le
« jour où les exigences de l'Église dépasse-
« raient les limites que la loi leur a assignées
« et entreraient en collision avec les droits de
« l'Etat, je maintiendrais ces droits conformé-
« ment à mon serment et par conséquent à
« mes devoirs envers Dieu. Sous ce rapport
« aussi, les craintes de ces journaux sont dé-
« nuées de fondements.

« Ils m'accusent enfin de mettre les intérêts
« allemands en péril et de me montrer faible

« vis-à-vis des sympathies françaises. Je ne
« crois pas que le plus fier des Romains ait
« été jamais plus fier de Rome que je ne le
« suis de ma patrie, et, en entrant dans le pays,
« j'ai déclaré une première fois que ceux qui
« auraient des velléités de pactiser avec l'é-
« tranger mettraient un abîme entre eux et
« moi.

. . . .

« J'ai le devoir de faciliter la transition dans
« le nouvel ordre de choses aux Alsaciens-Lor-
« rains par une administration juste et sou-
« cieuse des intérêts intellectuels et matériels
« du pays. Telles sont les instructions que mon
« empereur m'a données. »

On ne partage pas la grandeur souveraine
a dit un poète, et c'était surtout vrai du gouverneur d'Alsace-Lorraine ; M. de Manteuffel
voulait être seul à commander et non pas laisser les subordonnés faire la loi. Quoique le
fonctionnarisme employât tous les moyens
pour secouer les entraves que le nouveau
gouverneur avait mis à ses appétits haineux,
il n'y eut cependant pas là un motif suffisant
pour déterminer M. de Manteuffel à se départir

de son programme. Comme militaire il dépendait de l'empereur et il voulait rester fidèle à sa discipline ; la politique adoptée était pour lui comme une consigne. Sa manière d'agir pouvait être en contradiction complète avec ce qui s'était passé avant lui, n'importe, il a résolu de faire la cour à l'Alsace-Lorroine et il ne déviera pas de sa conduite. Tout en ayant encore l'épée au côté, il disait comme cet ancien : « Que la raison est une arme plus puissante que le fer, » et il n'était pas éloigné d'ajouter avec Béranger :

Humanité, règne, voici ton âge !

En 1881, M. de Manteuffel accordait à l'abbé Risse d'ouvrir de nouveau sa maison aux jeunes ouvriers ; c'était une nouvelle façon de gagner la masse en allant ainsi à l'ouvrier soit des villes, soit des campagnes.

A l'approche des élections de cette même année, le maréchal se départit un peu de sa modération habituelle. « Si les élections par-« lent pour la jonction de l'Alsace-Lorraine « à l'Allemagne, dit-il, le grand pas en faveur « du développement de notre vie constitution-

« nelle sera fait ; si les résultats parlent contre
« cette jonction, les suites s'imposent d'elles-
« mêmes. »

Ces paroles étaient empreintes d'un certain
caractère d'intimidation que d'ailleurs n'ad-
mettaient ni le tempérament ni les usages des
Alsaciens-Lorrains.

Il eût été préférable que le maréchal se fût
borné à en appeler à cet égard à la sagesse et
au bon sens de la population. La suite l'a dé-
montré, c'était une manœuvre électorale plutôt
qu'une faillite aux principes d'apaisement. La
menace n'empêcha pas d'ailleurs les électeurs
de la circonscription de Metz d'envoyer de
nouveau au Reichstag leur député protesta-
taire, et les autres circonscriptions d'Alsace-
Lorraine firent comme celle de Metz. M. de
Manteuffel en ressentit quelque mauvaise humeur, du moins c'est ainsi que l'on essaya d'expliquer l'expulsion des compagnies d'assurances regardées comme françaises, et la défense
qui leur fut faite de souscrire des assurances
nouvelles. La population fut fortement frappée
par cette mesure, la grande majorité des habitants ayant leurs biens assurés par les compa-

gnies françaises. Les Alsaciens-Lorrains discul-
pèrent volontiers le maréchal de cette vexation
qu'ils inscrivirent plutôt à l'actif du gouvernement de Berlin. D'ailleurs M. de Manteuffel
continuait toujours à se faire le commis voyageur du germanisme à travers les pays annexés. Il y mettait une certaine coquetterie
et en usait avec beaucoup d'adresse. Voici un
trait entre mille. Le 45° et le 29° régiments
d'infanterie, en garnison à Metz depuis 1871,
avaient reçu ordre de permuter. C'était à leur
tête que le maréchal avait fait la campagne de
1870-71. Il vint donc à Metz pour recevoir les
adieux de ces deux régiments qui, la veille de
son départ, devaient venir lui donner une aubade à l'hôtel de l'Europe où il était descendu.
Quand les musiques arrivèrent, il leur fit commander de retourner dans les casernes en
silence sans lui jouer les morceaux prévus. Il
venait d'apprendre que la mort avait fait une
victime dans une famille domiciliée vis-à-vis
de son hôtel, et il désirait que l'on respectât
la tristesse de ses voisins.

Cette délicatesse de sentiments fut vite connue à Metz. On était si habitué aux mœurs

brutales, au manque de tact de la plupart des
Allemands que l'on ne put s'empêcher d'admirer l'acte du gouverneur d'Alsace-Lorraine.
Nous ne voulons pas dire par là que tout ce
qui est allemand n'a pas de tact, mais ce jugement s'applique surtout aux Allemands résidant en Alsace-Lorraine et que la *Gazette de
l'Allemagne du Nord* taxait de *gens sans aveu*.
Parmi eux l'on comptait d'honorables exceptions entre autres M. de Flottwell, président
de la Lorraine, mis à la retraite en 1883 par
M. de Manteuffel avec jouissance de la pension
réglementaire de 9,000 marks par an, pour
reconnaître la façon dont il avait su entrer dans
les idées du maréchal. Le successeur, M. le
baron de Hammerstein, avait la main un peu
plus rude, aussi entrait-on dans une ère plus
agitée, bien que le maréchal soit toujours un
modérateur. La situation du clergé s'était
sensiblement améliorée depuis 1879 et les traitements avaient été élevés en rapport des exigences des fonctions. Le sacerdoce n'excluant
pas le patriotisme, les prêtres rappelaient volontiers la mère-patrie malgré toutes les menaces, justifiant ainsi la parole de Bossuet :

« L'esprit du christianisme est un esprit de courage et de fermeté. »

En 1884, certains journaux catholiques et français prirent part aux élections avec une vigueur trop accentuée et un caractère trop agressif, oubliant en cela le jugement de Pascal : « Si la première règle est de parler avec vérité, la seconde est de parler avec discrétion. » Le gouverneur d'Alsace-Lorraine montra alors tout son tact et son habileté politique ; toujours porté à l'apaisement, il eut la générosité d'attendre jusqu'après les élections pour supprimer ces feuilles, évitant de la sorte le reproche de pression électorale dont on l'aurait chargé. Il alla même plus loin et, convaincu de l'utilité de la liberté de la parole dans la vie publique, il ne rapporta pas, comme on pouvait le redouter, la mesure libérale qu'il avait prise à l'égard de la presse peu après sa nomination au poste de *statthalter*. Il se contenta de supprimer simplement les trois ou quatre journaux en question, tout en leur reprochant non seulement d'avoir excité les populations contre le régime allemand, mais aussi de miner la paix confessionnelle et par suite la paix civile. C'était une dictature mitigée.

Le maréchal espérait qu'une fois les passions calmées, les froissements disparaîtraient bientôt aussi, et que le frottement continuel des Alsaciens-Lorrains avec les Allemands achèverait l'œuvre. Obéissant à cet ordre d'idées, il refusait à M. Antoine l'autorisation de fonder le journal « Metz ». Le maréchal connaissait les vues patriotiques du député, il voyait en lui un adversaire de la campagne d'apaisement et, comme la loi le lui permettait, il usa d'un pouvoir dictatorial vis-à-vis de cet adversaire. En conséquence, à la rentrée du Reichstag en 1884, les députés d'Alsace-Lorraine présentaient une motion pour demander la suppression des pouvoirs extraordinaires conférés au président supérieur par l'article 10 de la loi du 30 décembre 1871, démarche qui fut vaine.

En acceptant le poste de *statthalter*, M. de Manteuffel fut tout particulièrement contrarié d'être obligé de supporter, à propos de ses actes officiels, les critiques des membres de la délégation ou autres qui étaient ses subor-

donnés. Il avait été habitué comme membre
de l'armée à ne subir des critiques que de ses
supérieurs immédiats, puisque ceux-là seuls
ont le droit de porter un jugement sur le
service du militaire, et M. de Manteuffel était
monté assez haut dans la hiérarchie pour ne
plus relever que de l'empereur. Aussi ne put-
il un jour s'empêcher de témoigner son mécontentement au sujet de certaines critiques
qui avaient taxé sa politique de « désastreuse
pour le pays ». La chose l'avait peiné d'autant
plus vivement qu'il avait toujours proclamé
« que l'Alsace-Lorraine n'avait jamais perdu
« ses anciens droits particuliers, que par con-
« séquent, après avoir été de nouveau réunie
« avec l'Allemagne, l'Alsace-Lorraine devait
« avoir tous les droits constitutionnels dont
« jouissent les autres pays allemands ; que
« l'Alsace-Lorraine est habitée par une popu-
« lation qui respecte la religion et la loi, et dont
« la valeur intime se montre déjà dans le fait
« qu'un passé de deux siècles a jeté des ra-
« cines profondes dans les cœurs ; *que cette*
« *population ne change pas de sentiments*
« *comme d'habits* et que, par conséquent, c'é-

« tait un devoir de respecter ces sentiments. »

Le maréchal comparait volontiers l'empire
à un père soucieux des intérêts de tous ses
enfants, mais qui ne peut leur confier la direction de leur fortune tant qu'ils n'ont pas le
calme de la froide raison, autrement les enfants
abuseraient de la fortune et mettraient l'existence du père lui-même en danger. De même
l'empire allemand ne pouvait accorder au pays
la plénitude des droits constitutionnels avant
de posséder la certitude qu'il n'en résulterait
aucun préjudice pour l'empire. Et si les Alsaciens-Lorrains ne se ralliaient pas plus vite,
la faute en était, d'après lui, à la presse française qui exerçait son influence sur l'attitude
des annexés ; il disait volontiers alors pour
qu'on le répète de ce côté-ci des Vosges « que
« l'on n'avait pas le droit de demander que
« l'Alsace-Lorraine soit plus française que la
« France elle-même, qui n'avait pas pu conser-
« ver ce territoire ».

Il accusait parfois aussi le chauvinisme des
députés alsaciens-lorrains d'être la cause de
cette persistance des populations annexées à
ne pas accepter l'ordre de choses établi par le

12

traité de Francfort. Il en venait ainsi à vouloir
persuader que s'il prenait des mesures de rigueur, celles-ci étaient dictées par la loi de la
conservation qui lui commandait de se protéger contre les agitations venant de la France.

Pendant les derniers mois de son gouvernement, se rendant compte du peu de progrès
faits par la germanisation, il mettait plus que
jamais en pratique la pensée du fabuliste :

> Patience et longueur de temps
> Font plus que force ni que rage.

Il répétait alors : « Je reste inébranlablement
« fidèle à ma politique qui est de guérir les
« plaies, de ménager les sentiments, de con-
« server au peuple sa religion, de faciliter au
« pays la période de transition par une admi-
« nistration juste et soucieuse des intérêts mo-
« raux et matériels et de combattre la manière
« de voir de certains subalternes, d'après la-
« quelle l'Alsace-Lorraine doit être traitée
« comme un pays conquis. »

Mais il ne songeait pas que pour atteindre
ce but, il aurait fallu remplacer les fonctionnaires par des Alsaciens-Lorrains, ce qu'il ne

pouvait tenter sans renoncer à être le maître du pays. C'était un rêve tout aussi bien que l'espoir d'avoir sur sa tombe l'épitaphe suivante : « Ici repose l'homme sous l'adminis-« tration duquel l'Alsace-Lorraine a été placée « sur le même pied que les autres États alle-« mands » !

M. le baron de Manteuffel est mort en 1885 et pour la plus grande gloire de l'Alsace-Lorraine et de la France, sa tombe n'a pas pu porter l'épitaphe qu'il rêvait. C'était un homme supérieur, mais il était prussien et l'Alsace-Lorraine veut rester française.

CHAPITRE III

1885-1890

Raisons qui ont provoqué le choix de M. de Hohenlohe comme gouverneur d'Alsace-Lorraine. — Revanche du fonctionnarisme. — La germanisation à
outrance.....

Si, en 1879, on pouvait augurer de suite la
politique d'apaisement en entendant prononcer le nom de l'homme qui était mis à la tête
de l'Alsace-Lorraine, et que l'on avait appris
à juger à son séjour en France, il en fut tout
autrement en 1885. La nomination du prince
de Hohenlohe comme gouverneur d'Alsace-Lorraine une fois connue, on déclara que le
successeur du maréchal étant de l'Allemagne
du Sud, ayant vécu de longues années en
France et connaissant le fort et le faible des
institutions restées en vigueur en Alsace-Lorraine, il comprendrait les besoins de ce
pays mieux que ne les comprendrait un

haut fonctionnaire prussien. Mais on prévoyait à côté de cela qu'il exercerait une oppression plus énergique que celle de son prédécesseur, et qu'il apportait dans son programme la revanche du fonctionnarisme muselé par M. le baron de Manteuffel.

Pour gouverner l'Alsace-Lorraine il n'était pas besoin de capacités diplomatiques particulières ; la bienveillance, l'équité, les égards pour les vœux du pays suffisaient même sans diplomatie pour le gouverner à la satisfaction générale de la population. Mais telle n'était pas la manière de voir de M. de Bismarck à qui on doit la fameuse phrase : « Les Alsaciens-Lorrains croient-ils donc que c'est pour leur être agréable qu'on les a faits Allemands ? Non, non, c'est avant tout dans l'intérêt de l'empire. » C'est donc l'intérêt de l'empire plutôt que le désir de satisfaire aux vœux de l'Alsace-Lorraine qui dicta le choix du nouveau gouverneur.

Le prince Clovis de Hohenlohe Schillingsfürst, prince de Ratibor et de Korvei, est né le 31 mars 1819. Il a étudié le droit et les sciences politiques à Heidelberg, à Gœttingue,

et à Bonn ; il a toujours eu la réputation d'a-
voir d'excellentes capacités diplomatiques et
administratives. Après avoir rempli pendant
quelque temps des fonctions administratives,
il prit en 1846 l'administration du domaine
de Schillingsfürst dans la province bavaroise
de Franconie. Etant entré dans la première
chambre de Bavière, il s'y fit remarquer par
son opposition aux tendances autrichiennes
et cléricales des ministères Schrenck et van
der Pfordten. Après Sadowa en 1866 il fut
partisan de l'alliance de l'Allemagne du
Sud avec la Prusse et devint même président
du conseil des ministres de Bavière. Dans ces
hautes fonctions il continua à lutter contre
les partis opposés à l'alliance avec l'Allemagne du Nord, et il s'est prononcé contre les
décisions que l'on préparait à Rome pour le
concile du Vatican.

Le 7 mars 1870 le prince de Hohenlohe se
retira définitivement du ministère bavarois.
Dans le *Reichstag* où il a représenté le cercle
de Forchheim, le prince de Hohenlohe a appartenu pendant quelque temps au parti libéral conservateur. En 1874 le prince de Hohen-

lohe fut chargé de l'ambassade d'Allemagne à Paris. En 1880, après la mort de M. Bulow, il a rempli comme intérimaire, à Berlin, les fonctions de secrétaire d'Etat des affaires étrangères et en cette qualité il a pris part à des actes diplomatiques et à des discussions du plus haut intérêt. En novembre 1880 il retourna à son poste d'ambassadeur à Paris où il ne s'est jamais départi de la retenue dans l'étiquette mais avec une certaine fermeté de caractère. On le disait alors l'ami personnel de M. de Freycinet. Quant au physique, c'est un homme petit et délicat ; à figure émaciée ; les cheveux sont blancs et le front est passablement découvert ; la moustache est assez longue ; l'œil est vif, mobile et très perpicace. Le prince est affable et a de grandes manières ; c'est un homme réfléchi et méthodique, sa conversation est enlevée et spirituelle.

La nomination du prince de Hohenlohe comme gouverneur d'Alsace-Lorraine apparaissait dans *sa forme* comme la continuation du système de gouvernement suivi jusqu'à présent dans le pays d'empire. *De fait* elle indiquait cependant un changement essentiel dans ce système. Le baron de Manteuffel gouvernait avec une complète indépendance, il ne consultait que lui-même quand il s'agissait de trancher les questions même les plus sérieuses, et il le faisait d'après sa propre façon de voir parfois dans un sens diamétralement opposé à l'opinion de M. de Bismarck ; comme il aimait à le répéter, il était le serviteur de son empereur et il ne relevait que de lui.

Le prince de Hohenlohe au contraire, comme on a pu le constater précédemment en le suivant dans sa carrière, devait se référer bien plus directement aux désirs du chancelier. Par une communauté d'actions durant plusieurs années avec M. de Bismarck, le prince de Hohenlohe était plus que tout autre en situation de remplir les fonctions de gouverneur de l'Alsace-Lorraine de commun accord avec l'homme de fer. Il s'était identifié à sa volonté, s'était tellement pénétré de sa pensée dans toutes les directions que par cette circonstance il avait été tout indiqué comme étant le plus capable d'administrer l'Alsace-Lorraine en communauté de vues et de sentiments avec le chancelier.

La conséquence était au désavantage de

l'Alsace-Lorraine, qui allait forcément subir la
politique bismarckienne, et était ainsi à la
merci de la haineuse administration prusso-
allemande. Le nouveau statthalter n'inaugurait cependant pas un changement de système,
mais sa politique accentuait plus vivement le
germanisme et dénotait des égards moindres
pour nos compatriotes. D'ailleurs comme nous
le verrons plus loin, en se faisant ainsi le bras
droit de M. de Bismarck, le nouveau gouverneur devait inévitablement s'attirer des décep-
tions bien supérieures à celles éprouvées par
son prédécesseur qui cependant était animé
d'excellentes intentions. Si M. de Manteuffel
gouvernait en passant par-dessus la tête de
l'administration, M. de Hohenlohe au contraire
devait développer dans le pays d'empire le
sentiment de la responsabilité administrative,
le respect de la hiérarchie.

En nommant M. de Hohenlohe au poste de
gouverneur d'Alsace-Lorraine on établissait
deux gouvernements distincts, le gouvernement civil et le gouvernement militaire. M. de
Manteuffel était, en même temps que statthalter, commandant en chef du 15° corps d'armée

cantonnée en Alsace-Lorraine. En effet, à la
mort du maréchal, le commandement du 15°
corps revint au général de Heudück.

Pour que le lecteur puisse juger du gouvernement inauguré par le prince de Hohenlohe,
et noter la différence entre ce gouvernement
et celui du maréchal, nous donnons le texte du
discours prononcé par le prince lors de sa première visite à Metz.

« Mon prédécesseur, feu le maréchal de
« Manteuffel, a dit un jour qu'il comprenait
« pourquoi l'on n'a pas encore oublié en Alsace-
« Lorraine que ce pays a appartenu à la France.
« On ne peut pas, c'étaient là ses paroles, chan-
« ger de sentiments comme on change d'ha-
« bits. C'était une parole juste et philanthropi-
« que. Mais je vais plus loin et je dis : je
« comprends que les habitants de ce pays, lors-
« qu'ils furent séparés de l'Allemagne, il y a
« deux siècles, pour être réunis à la France,
« ne furent pas peinés de ce changement. L'Al-
« lemagne était alors un pays déchiré qui ne
« pouvait ni protéger ses sujets, ni favoriser
« leur bien être, tandis que la France était
« presque arrivée à l'apogée de son dévelop-

« pement intellectuel et matériel. C'est ainsi
« que l'on put facilement se consoler de la sé-
« paration de l'Allemagne.

- « Mais si j'ai ainsi rendu justice aux faits
« historiques, il m'est permis d'appeler votre
« attention sur le présent. L'Allemagne déchi-
« rée et sans autorité est devenue l'empire
« puissant ; et de même que l'union de l'Al-
« lemagne a aidé à conquérir les pays perdus,
« de même elle nous a donné la puissance de
« garder ce que nous avons reconquis, de pro-
« téger les habitants de ce pays et de leur
« offrir les conditions d'une prospérité intel-
« lectuelle et matérielle.

« Plus d'un motif qui fait que les habitants
« de ce pays jettent un regard en arrière sur
« la France s'évanouit ainsi. Je m'abandonne
« donc à l'espoir que l'Alsace-Lorraine recon-
« naîtra de plus en plus que sa séparation
« de la France n'est pas un malheur et que
« sa réunion avec l'Allemagne est la garantie
« d'un avenir heureux.

« C'est dans cette espérance que je bois à
« la prospérité de ce pays, à la prospérité de
« la ville de Metz. »

Il est un point sur lequel la politique du
prince tranche d'une façon extraordinaire
avec celle du maréchal, c'est dans les relations
du gouvernement avec le clergé. Cette conduite s'explique parce que M. de Hohenlohe
est protestant, et parce qu'il sait que le clergé
alsacien-lorrain est volontiers sur la brèche
quand il s'agit de défendre les libertés des
annexés, mais cela tire surtout sa raison d'être
des antécédents de M. de Hohenlohe dans la
carrière diplomatique. Alors qu'il était encore
président du conseil en Bavière, il fut le premier parmi les ministres dirigeants des Etats
de l'Europe qui ait prétendu que le développement politique des Etats dans le sens mo-
derne serait mis en danger par l'ultramonta-
nisme, lors de la réunion du concile du Vatican.
A la séance du Reichstag du 31 janvier 1876,
il était aussi un des signataires du § A *bis* de
l'article 130 qui punit de la forteresse tout
ecclésiastique qui répand un écrit où les
affaires· de l'Etat sont discutées d'une façon
dangereuse pour la paix publique. Il ne ten-
tera pas de conquérir moralement l'Alsace-
Lorraine à l'empire par des concessions faites

au clergé. En ceci il fait la joie de la plupart des reptiles allemands, qui désiraient voir traiter les Alsaciens-Lorrains avec plus de dureté encore. Pour toutes ces feuilles, la réaction était d'autant plus à souhaiter que la politique de M. de Manteuffel avait été celle d'un homme devenu vieux et faible, tandis que l'empereur Frédéric disait du maréchal : « Le baron de Manteuffel a fait tous ses « efforts pour faciliter au pays la transition « au nouvel état de choses, transition difficile « pour la génération actuelle. » Il est juste de noter que l'empereur Frédéric était, en libéralisme, un adversaire de M. de Bismarck auquel on doit M. de Hohenlohe à cause de son affinité de caractère avec le grand chancelier.

En sens inverse de la décision prise par le maréchal, la presse fut de suite soumise à la censure par M. de Hohenlohe. La dictature reparaissait avec toutes ses petites tyrannies.

Deux mois à peine après le changement de politique le fonctionnarisme commençait déjà à prendre sa revanche par un acte d'éclat ; l'expulsion de M. Rothan d'Alsace-Lorraine.

13

Ce début indiqua de suite au public à quel
diapason la politique vexatoire s'élèverait.
Les expulsions se sont en effet multipliées
depuis cette époque ; parmi les Français, nous
citerons M. Albert Delpit et parmi les Alsaciens-Lorrains nous nommerons M. Antoine,
le député de Metz. Le fonctionnarisme a tellement repris le dessus que, témoin l'affaire
Schnœbelé, on était sur le point de voir écla-
ter une guerre à cause du zèle d'un commissaire du territoire annexé. Cette politique de
tyrannie descendit jusqu'à la mesquinerie
comme en témoigne l'exemple suivant :
Mgr Du Pont des Loges, à sa nomination à
l'évêché de Metz en 1843, avait fondé une
maison d'éducation appelée maîtrise. Les
élèves de ce collège avaient un costume à peu
près semblable à celui de nos lycéens, sinon
que la tunique était remplacée par un petit
veston ouvert et que la casquette (semblable
à celle des élèves des Jésuites à Paris) tenait
lieu de képi. Il n'y avait dans tout cela rien
de provocant, quand il arriva que M. de
Hohenlohe eut ses nuits troublées par un
affreux cauchemar, les costumes précités dan-

saient des sarabandes infernales en lui rappelant la France. De suite le port de l'uniforme
en question fut interdit. Tout cela n'était rien
moins que grotesque. Ainsi, parce que vous
portez un vêtement à la mode française on
s'alarme et on vous enjoint de le remiser ; il
ne faudra donc pas nous étonner si un jour
ou l'autre nous apprenons que, par décret du
statthalter, les prêtres d'Alsace-Lorraine ne
devront plus porter la soutane qui est portée
par les prêtres en France. Il viendra peut-être
même un temps où l'on astreindra tous les
Alsaciens-Lorrains à porter un bouton aux
couleurs allemandes sur une casquette à petite
visière ; ce sera le digne pendant des jugements prononcées contre de faibles jeunes
filles pour avoir fait étalage d'un mouchoir à
bordure tricolore.

Certes les Alsaciens-Lorrains ont déjà montré à M. de Hohenlohe, aux élections de 1887,
ce qu'ils pensaient de son gouvernement.
C'est avec calme qu'ils ont été aux urnes et
les députés protestataires ont été élus.

Et cependant M. de Hohenlohe avait sup-
primé à Metz, à la veille des élections, le seul

journal qui défendît énergiquement la candidature de M. Antoine, et la tyrannie du prince n'avait fait qu'accentuer le soufflet donné par nos compatriotes. Pris de rage devant l'entêtement patriotique des habitants de l'Alsace-Lorraine, le gouvernement a résolu de les martyriser davantage et a décrété la fameuse mesure des passeports. Croit-il qu'ils céderont davantage, qu'ils viendront plus volontiers au germanisme? Non, pas pendant leur vie. Nous disons pas pendant leur vie et voici pourquoi : c'est que dans leur grossière sottise allemande, les fonctionnaires viennent de tracasser nos compatriotes jusque dans leurs tombes. Ils ont commandé à quelques-uns de leurs maires de carrière d'interdire dans les cimetières de leurs communes toute épitaphe en français.

Il n'y a pas lieu de s'étonner de tous ces actes de dictature quand on songe au § 10 (maintenant l'état de siège) qui est devenu le § 2 de la nouvelle loi organique de 1879. Non, il n'y a pas lieu de s'étonner, car l'homme qui détient le § 2 n'est pas animé de généreux sentiments comme son prédécesseur. Ce § 2

est exorbitant, il permet à celui qui le détient
de supprimer un journal ou de détruire un
livre de qui que ce soit sans même soumettre
la personne à un interrogatoire judiciaire. Au
nom de ce même paragraphe on peut, de jour
ou de nuit, violer un domicile ou y faire des
perquisitions, ou bien on peut envoyer le
premier venu à la frontière sans l'interroger
et prononcer contre lui un bannissement qui
n'est pas dans les lois.

Il n'y a pas à s'étonner qu'un homme
comme M. de Hohenlohe emploie les moyens
précités, mais quelles doivent être ses réflexions, si dans sa conscience il veut jeter un
regard sur la politique de son prédécesseur
et se rappeler ses paroles : « Je connais
« l'esprit sain de la population, je sais qu'elle
« me comprend et que l'avenir me donnera
« raison. »

M. de Hohenlohe est obligé d'avouer que
l'avenir a déjà parlé et par les élections
de 1876, et par celles de 1890, en attendant
les élections qui auront encore lieu. En mourant, il emportera avec lui les malédictions
de bien des mères, mais jamais la gloire

d'avoir germanisé l'Alsace-Lorraine. Quelles
pensées ne doit pas suggérer au statthalter
actuel ce jugement de son prédécesseur :
« Je connais trop le fond du peuple allemand
« pour ne pas savoir que ses représentants ne
« veulent pas que l'on traite l'Alsace-Lorraine
« par la dictature. » M. de Hohenlohe peut
être une exception au principe précédent,
mais alors il serait la confirmation de la phrase
prêtée au grand poète allemand Gœthe :
« L'Allemand a beaucoup de ressemblance
« avec l'éléphant ; il est intelligent comme
« lui et *on le dresse facilement pour mettre*
« *ses frères dans la servitude.* » Le prince, par
ses actes, peut avoir donné un démenti à la
bonne opinion que le maréchal Manteuffel
avait de la race allemande, en tout cas il n'a
pas réussi à prouver la fausseté de cette autre
parole de son prédécesseur : « De pareilles
« conquêtes ne s'emportent pas à l'assaut et
« la revendication prématurée de certaines
« prérogatives détourne du véritable but ».

Le parti de la violence, mis à la tête du
gouvernement, semble avoir hâte de regagner
le temps perdu, sans se soucier le moins du

monde des intérêts qui lui sont confiés et toujours en opposition avec la politique suivie
par le baron de Manteuffel. En effet, dans la
séance de la délégation, le 1er février 1889,
nous entendons M. Studt, sous-secrétaire
d'Etat donner ainsi qu'il suit la pensée du
ministère à Strasbourg : « Le gouvernement
« sait très bien qu'un préjudice matériel est la
« conséquence du passeport mais je puis affir-
« mer que le tableau qu'on fait de ce préjudice
« est exagéré. Les dommages éprouvés ne sont
« qu'isolés ; le gouvernement les déplore,
« mais il est obligé de sauvegarder des intérêts
« supérieurs. »

Cédons la parole encore une fois à M. de
Manteuffel, il répondra au raisonnement précédent : « L'empire n'a-t-il pas le devoir, l'obli-
« gation morale d'indemniser l'Alsace-Lor-
« raine pour le dommage que son agriculture
« et son industrie ont subi en perdant le marché
« de la France et de lui ouvrir de nouvelles
« voies commerciales. » Cette parole de feu
M. de Manteuffel a eu un écho dans la séance
précitée : « Le gouvernement, disait M. Petri
« député, n'aurait pas pu prendre de mesure

« mieux faite pour étouffer le développement
« de ces dispositions conciliantes, pour étouffer
« tout progrès dans la pacification des esprits
« et dans la prospérité du pays ! »

Il y a eu dix ans au 1ᵉʳ octobre 1889 que la
loi organisant l'administration .de l'Alsace-
Lorraine est entrée en vigueur. Dix ans, c'est
bien peu dans la vie d'un peuple, mais c'est
notable pour nos anciens compatriotes puisque, dans cet espace de temps, il y a eu des
changements sérieux dans la manière de gouverner. Pour savoir si cette loi a produit les
bons effets qu'en attendaient les vainqueurs ;
interrogeons quelques journaux allemands.

La *Gazette de l'Allemagne du Nord* prétend
simplement qu'il y a lieu d'être satisfait. La
politique proclamée depuis dix ans a fait ses
preuves, ajoute l'officieuse gazette ; suivie avec
constance et fermeté, cette politique atteindra
entièrement son but. Comme preuve de son
jugement, ce journal rappelle la réception
faite au couple impérial par la population, en
automne dernier.

La *Gazette de Voss*, feuille libérale, estime
que l'on se trompe en disant que la loi cons-

titutionnelle a converti les Alsaciens-Lorrains en bons Allemands et qu'il faut laisser le temps faire son œuvre.

Le *Reichsbote*, journal conservateur, combat précisément les idées exposées par la *Gazette de l'Allemagne du Nord*. Si la cause allemande a fait si peu de progrès, écrit-elle, c'est justement à cause de la loi constitutionnelle. La situation ne s'améliorera que lorsque l'Alsace-Lorraine deviendra une province prussienne et qu'on abattra les barrières qui empêchent les Alsaciens de faire partie d'un grand Etat où leurs ambitions trouveront carrière. La situation actuelle est anormale ; c'est un provisoire qu'il faut faire disparaître le plus vite possible.

La *Gazette de Francfort*, en réponse au *Reichsbote*, dit : « Pour changer la situation faite à l'Alsace-Lorraine en droit public, il faudrait l'assentiment du conseil fédéral et du Reichstag, et cet assentiment on ne l'obtiendra pas. Les Alsaciens-Lorrains ne doivent donc pas se laisser effrayer par la recette prescrite par les charlatans politiques du *Reichsbote*.

La *Metzer Zeitung*, feuille allemande paraissant à Metz, manifeste d'abord ses sentiments de haine à l'égard de l'Alsace-Lorraine, puis elle apprend à ses lecteurs que l'incorporation de l'Alsace-Lorraine à l'Allemagne et spécialement de la Lorraine à la Prusse constituait, de tout temps, l'un des principaux points de son programme politique. A son avis aussi, il était absolument prématuré d'augmenter les prérogatives du Landesausschuss ou délégation provinciale en 1879 ; ce corps, jusque dans les derniers temps, a été un obstacle pour le gouvernement et a rendu impossible l'application des mesures jugées nécessaires pour la regermanisation du pays. « Nous serions plus « avancés dans le développement de la ger- « manisation, dit-elle, si le gouvernement « avait pu appliquer les mesures nécessaires, « sans égard pour l'*Assemblée de paysans et de* « *notaires* qui, sous le nom de Landesausschuss, « siège tous les ans à Strasbourg. »

D'après ces différentes opinions, on conclut que personne n'est satisfait de la constitution de 1879, à part la *Gazette de l'Allemagne du Nord,* qui ne peut qu'approuver l'œuvre de son maître, le prince de Bismarck. En défini-

tive, la politique suivie est un recul vers un
autre âge; les Alsaciens-Lorrains sont placés
dans la situation faite à leurs pères avant la
Révolution de 1789, ils sont dans l'attente
d'une révolution qui les délivrera tout à la fois
de la forme du gouvernement et des procédés
administratifs.

TROISIÈME PARTIE

CHAPITRE PREMIER

Y a-t-il affinité de race et Charlemagne est-il un
empereur allemand ?

« On ne gagne pas la légitimité à la course, »
pouvons-nous répéter avec M. Decazes aux
Allemands empressés à vouloir justifier l'annexion de l'Alsace-Lorraine.

La Prusse, dès le soir de Sadowa, put se
vanter de son admirable organisation militaire, mais elle dut convenir que là aussi rési-
daient toutes ses forces. Sous les autres points
de vue, elle était inférieure aux grandes puissances ; aujourd'hui encore d'ailleurs ses

moyens d'échange ou de production ne répondent pas au rang occupé par elle en Europe. La Prusse est pauvre parce que sa race n'est pas suffisamment laborieuse sur une terre déjà stérile par elle-même et que, de plus, la sobriété et l'économie y sont choses inconnues. Elle est donc condamnée à vaincre sans cesse ou à périr, et les victoires de l'heure présente doivent obtenir les subsides qui prépareront la victoire du lendemain. Seulement, le tout n'est pas d'avoir des subsides, il faut aussi avoir l'habileté de créer un état de choses qui amènera tôt ou tard l'adversaire à déclarer la guerre, d'où l'annexion de l'Alsace-Lorraine. L'apathie de la race allemande ne pouvait que se complaire dans l'annexion de l'Alsace-Lorraine, car ces deux provinces devaient être par leurs productions le jardin du reste de l'Allemagne. M. de Bismarck témoignait ainsi qu'il connaissait parfaitement ses sujets toujours portés à se plaire là où se rencontrait une vie facile, que la possession soit juste ou non. Aussi, à la date de la dernière guerre, un des Allemands les plus modérés qui aient suivi l'état-major général, écrivait à propos

de Nancy : « On s'y trouvait si bien que l'on
ne croyait pas admissible que la ville pût
être rendue à la France. Il est regrettable que
nous ne puissions pas avoir Nancy. Le prince
de Bismarck aurait bien dû la prendre, elle
serait devenue la perle de nos villes[1]. » Le
point capital était de justifier cette annexion
aux yeux des autres grandes puissances de
l'Europe. La science reptilienne mit à contributions les arguments les plus inimaginables.
Les autres nations acquiescèrent par leur silence, et leur acceptation les mit bientôt non
seulement dans une espèce d'infériorité vis-à-
vis de l'Allemagne, mais devenait une menace
perpétuelle pour la paix européenne. Nous ne
voulons pas énumérer en ces quelques lignes
tous les arguments mis en avant par les Allemands. Nous nous bornerons à citer les plus
spécieux et qui sont journellement sur les lèvres
des défenseurs de la triple alliance.

Dès le principe, les vainqueurs en pronon-
çant l'annexion ont voulu excuser ce vol en
invoquant le désir des populations d'Alsace-

_____

[1] M. L. Kayssler. *Aus dem Hauptquartier.*

Lorraine de faire partie de l'empire d'Allemagne. En 1860, lorsque le roi de Piémont céda à Napoléon III la Savoie et le comté de Nice, les habitants de ces contrées furent consultés et déclarèrent par leur vote qu'ils voulaient devenir Français. A-t-il été fait de même par les Allemands pour s'annexer l'Alsace-Lorraine. Depuis 1871, les Allemands gouvernaient nos concitoyens avec la dernière dureté et ce n'est qu'en 1874 que les populations des pays annexés purent se prononcer par un vote. Mais alors ce fut une protestation solennelle contre l'article du traité de Francfort qui disposait ainsi d'une population sans son consentement. Depuis, à chaque élection, la même protestation se renouvelait et ruinait l'argument allemand. Mais le Prussien ne se décourage pas pour si peu et il a vite trouvé un autre terrain d'où il tente de justifier son vol ; il invoqua les affinités de race, les affinités de langue, et la possession antérieure de ce pays par l'empire germanique. Aussi à la séance du reichstag du 4 décembre 1886, le maréchal de Molkte s'écriait-il en parlan de l'Alsace-Lorraine : « Ces deux provinces sont essentiellement allemandes. » Voyons d'abord donc quelles sont les affinités de race.

Il est entré dans les habitudes de nos ennemis de déclarer que l'on remonte au *Germanisme* dès qu'ils en espèrent tirer quelque avantage. Ainsi des statistiques ayant fait constater, avant la guerre de 1870, la moyenne relativement supérieure de l'instruction primaire dans la vallée de la Marne, aussitôt l'*Illustrierte Zeitung* nous prévenait charitablement qu'il n'y avait pas de quoi nous en prévaloir, attendu que cette supériorité résultait d'un vieux levain de *Germanisme* dont la population était restée pétrie.

Si loin que l'on puisse raisonnablement remonter dans les origines de Metz, nous rencontrons une séparation tranchée entre ce qui est le royaume prussien commandant à toute l'Allemagne et ce qui est le pays messin, puisque les habitants de la Prusse n'avaient rien de commun avec les races germaines. De plus, nous lisons dans les *Commentaires de César* que Metz (d'origine celtique, d'après Tite-Live) avait fourni tout d'abord des subsides à Vercingétorix, puis s'était soumise avec ce chef à la domination romaine, que cette ville avait enfin fait partie du monde gallo-romain contre lequel *luttait* la puissance *des Germains*. D'après Pline, les Messins furent mis par Rome sur la même ligne que les Leuci, c'est-à-dire reçurent le titre de peuple libre.

Voilà donc depuis l'époque la plus reculée Metz ennemie de la barbarie de ses dominateurs actuels. La politique romaine accueillit les Francs que nous trouvons établis sur les rives de la Moselle et de la Meuse, et ce sont eux qui fondèrent bientôt après ce que nous appelons la nationalité française. En conséquence, quand la puissance romaine commença à se désagréger, c'est le Rhin qui fut la limite entre la Germanie et la Gaule romaine. Cette Gaule romaine fut divisée en trois parties dont une, la Gaule belgique, comprenait le pays messin. César avait pris le Rhin comme frontière, et ce ne fut qu'au troisième siècle que la rive gauche du Rhin fut envahie, notamment par les Allemands.

Tous les Mommsens de la terre seraient-ils d'accord qu'ils ne pourraient nier ces faits et nous empêcher de conclure qu'aux dates les

plus éloignées les Alsaciens-Lorrains lut-
taient déjà contre leurs envahisseurs actuels.
D'ailleurs prétendre à l'annexion seule du pays
messin parce que les habitants de cette contrée
seraient issus d'une race germaine, n'est-ce
pas prétendre au même titre à l'annexion des
trois quarts du territoire français ? Et alors, que
feront nos adversaires de la priorité d'occupation, les Francs ayant occupé cette surface de
terre avant les Allemands ? Et si cette priorité
d'occupation ne signifie rien, pourquoi l'ont-
ils invoquée pour annexer nos compatriotes ?
Nos ennemis auraient fait preuve de plus
de raison en défendant leur annexion en vertu
du droit du plus fort qu'en vertu de l'affinité
de race, car quel est en Europe le peuple qui
ne soit pas la résultante d'une sorte d'amal-
game de races ?

L'Italie par exemple n'est-elle pas un mé-
lange de la race germanique et de la race
tartare, et l'Angleterre n'est-elle pas un mé-
lange du sang des Angles, des Danois et des
Normands !

Mais laissons là les pages d'histoire et com-
parons le caractère et les mœurs des Alle-

mands et des Messins. Le premier trait de caractère qui distingue ces deux peuples, c'est l'attachement à la patrie. Tandis que les Allemands se laissent annexer et dominer par la Prusse, les Messins demeurent attachés à leur patrie et souffrent toutes les tracasseries plutôt que de renoncer à l'espoir de retourner un jour à la France. Les Allemands ne peuvent comprendre cette constance de sentiments, comme l'avouait le prince de Hohenlohe dans un de ses discours à Metz. L'Allemand est paresseux et se nourrit pauvrement plutôt que de se donner quelque peine : le Messin est actif et on le trouve se distinguant dans toutes les carrières. Y a-t-il un service à rendre ? le Messin comme tout Français tend la main au prochain, et pendant ce temps l'Allemand se complaît dans l'égoïsme. Quand l'Alsacien-Lorrain travaille pour l'honneur, l'Allemand rêve à son ventre. La femme, ce faible compagnon de l'homme, occupe au foyer allemand la place de l'esclave et peine quand l'homme digère durant les vingt-quatre heures ; dans le pays messin, la femme est l'être délicat pour lequel on a bien des préve-

nances et qui occupe un rang égal à celui de
son époux dont elle partage les fatigues. Aussi
les envahisseurs traitent-ils les femmes de
Lorraine de fainéantes. Pour prouver au lecteur l'exactitude de ce que nous avançons nous
le renvoyons à une brochure qui a été publiée
à Strasbourg durant les premières années de
l'annexion et qui a pour titre : « La Lorraine
allemande et son agriculture. » C'est une attaque en règle contre les habitants de ce pays
et pour se venger de leur amour de la France
on les couvre de boue.

Dans les précis d'histoire mis entre les
mains de la jeunesse en Allemagne, on trouve
que Charlemagne était un empereur allemand.
Parmi les auteurs de ces ouvrages nous voyons
des hommes sérieux comme l'historien Pütz
écrire de pareilles extravagances. Il est donc
bon de s'arrêter à cette question et de scruter
un peu honnêtement les annales de l'histoire.
Or, qu'y trouvons-nous ? Quand mourut Clovis (qui compte Tolbiac parmi ses victoires),
son royaume fut partagé entre ses quatre fils.
Parmi eux Thierry hérita de l'Austrasie avec
Metz pour capitale. Après différentes luttes

entre la Neustrie et l'Austrasie, ce fut Charles-
Martel, maire du palais en Austrasie, qui prit
en main le gouvernement de ces deux provinces et se signala par des victoires sur les
Allemands. En mourant, il laissa la Neustrie
à son fils Pepin dit le Bref et l'Austrasie à
son fils Carloman. Ce dernier se retirant dans
un monastère, Pepin conserva seul le gouvernement des deux provinces. Il eut aussi
deux fils Charles et Carloman. Celui-ci mort,
Charles reste seul roi, et ses grandes victoires
contre les Maures et surtout contre les Saxons
le font surnommer Charlemagne et il prend le
titre d'empereur d'Occident. L'Austrasie dont
Metz est la capitale devient donc le berceau
de la seconde race des souverains français, la
race carlovingienne, qui compte d'ailleurs
parmi ses ancêtres Saint-Arnould, l'un des plus
illustres évêques de Metz.

Si Charlemagne, d'origine austrasienne et
par conséquent française, régna sur quelques-
uns des territoires qui constituent l'Allemagne
actuelle, ce fut au même titre qu'il régna sur
l'Italie, la Belgique et l'Espagne ; pourquoi les
Allemands auraient-ils plutôt le droit de se

l'approprier que les habitants de ces autres contrées?

On n'est pas moins étonné de voir que cet empereur, dit Allemand, n'ait pas alors rédigé ses capitulaires en langue germanique! Et si l'Allemagne actuelle réclame Metz parce que cette ville appartenait à Charlemagne, n'en viendra-t-elle pas à réclamer tout ce qui faisait partie de cet empire. *Chi lo sa*? le jeune Guillaume II considère peut-être la triple alliance comme le prologue d'un nouvel empire de Charlemagne! Pour nous, nous demanderons à nos adversaires : de qui Witikind était le chef, de qui il était l'ennemi.

CHAPITRE II

Y a-t-il affinité de langue ?

A première vue, il semble superflu de rechercher si l'Allemand est une langue communément parlée par les Messins. Cependant quand on fréquente la société, il n'est pas rare de s'entendre dire : Metz, c'est une ville tout à fait allemande, on n'y parle que l'allemand. D'autres fois, on rencontre des Français qui ne savent même pas où se trouve Metz ; et nous ne parlons pas ici de Français perdus sur quelques sauvages sommets des montagnes, non, mais de fonctionnaires et de fonctionnaires d'une ville où les étrangers se trouvent en grand nombre, c'est-à-dire de Nice. Il y a un an, au bureau du télégraphe de Nice, l'employé à qui nous remettions une dépêche pour Metz ne savait point dans quel coin de l'Europe cette ville pouvait se nicher. Nous nous sommes contentés d'en conclure que ce fonctionnaire n'était pas un partisan de la Revanche et que les historiens allemands n'auraient pas grande difficulté à le convaincre qu'entre les Messins et les Allemands il y a affinité de langue.

Il est donc nécessaire de montrer que, même à l'heure actuelle, dans le pays messin nos anciens compatriotes parlent le français. Nous dirons de plus qu'ils se font un honneur de ne parler allemand que dans les cas de nécessité. Ce qui ne fait pas l'affaire des Allemands désireux de montrer qu'il y avait affinité de langue entre eux et les habitants des pays annexés. Le meilleur argument d'ailleurs à op poser à nos adversaires, c'est l'ensemble des mesures exceptionnelles prises par eux pour germaniser. Tout dernièrement encore, ne viennent-ils pas de mettre à la retraite un grand nombre d'instituteurs pour les remplacer par des instituteurs sortis des écoles normales de Metz et de Prusse ? L'avis officiel ne disait-il pas : « Les instituteurs mis à la retraite ne savaient pas suffisamment l'allemand

pour répondre aux programmes élaborés en
dernier lieu et qui tendent à hâter la germanisation de la province. »

Pourquoi cet acharnement à défendre l'u-
sage de la langue française dans les écoles
d'Alsace-Lorraine? Si l'affinité de langue
existe il n'est pas nécessaire de contraindre
la jeunesse à parler la langue allemande, soit
dans les écoles, soit en dehors, comme certains
maîtres en avaient la prétention.

Une autre preuve de la non-affinité de langue se rencontrerait encore dans la lettre
adressée à un de nos compatriotes d'Alsace-
Lorraine par un négociant allemand. Voici
le morceau :

« Si comme sujet de l'empire allemand vous
« voulez continuer à vous servir avec vos
« acheteurs de la langue française, je vous di-
« rai en bon allemand que c'est aussi idiot qu'in-
« convenant. Je ne vous aiderai pas dans cette
« manière de faire ; c'est pourquoi je vous
« retourne votre lettre et votre facture, parce
« que dans un cas semblable je ne veux pas
« comprendre le français, etc.

« A votre place, je regarderais au-dessous

« de ma dignité de vendre une huile à grais-
« ser aussi précieux en Allemagne ; je la gar-
« derais là-bas et quand il y aura de nouveau
« *Grrrrande nation* et *Gloire* et *Revanche*,
« vous pourrez vous en servir pour graisser
« les jambes renfermées dans les pantalons
« rouges.

« La course n'en ira que mieux et la cap
« ture en gros comme en 1870-71 sera peut-
« être plus difficile à cause de l'excellente
« qualité de votre huile de spermacéti. »

Passons sur ce chef-d'œuvre !

Pourquoi, si l'affinité de langue était si évi-
dente, avoir décrété en 1872 que dans le pays
messin tous les actes publics fussent accom-
pagnés d'une traduction française.

Pourquoi, si l'affinité de langue était si tranchée, des hommes intelligents comme M. le
baron Zorn de Bulach et M. Antoine ont-
ils protesté contre la nécessité de se servir
de la langue allemande dans les délibérations de la Délégation provinciale à partir
de 1882 ?

Pourquoi enfin, en automne 1889, un conseiller général de Metz protestait-il contre l'o-

bligation d'employer la langue allemande dans les réunions du conseil général ?

Ces différents faits prouvent déjà quelque peu que la langue allemande n'était pas très en usage dans le pays.

Il faut reconnaître d'ailleurs que pour les habitants le manque de connaissance de cette langue ajoute encore de l'amertume à leur triste situation. Cette ignorance ne leur permet pas de défendre leurs intérêts et de discuter leurs droits avec leurs tyrans; c'est là une source d'embarras multiples et inexplicables. Il y aurait même là un motif à découragement si nos Lorrains ne savaient pas que l'Europe a les yeux sur eux et qu'ils font la fierté de la France.

Si, au lieu de nous arrêter aux temps modernes, nous remontons le cours des siècles nous constaterons encore que cette affinité de langue n'est qu'un mensonge. Que vont donc penser nos haineux voisins en apprenant que le premier ouvrage qui ait paru en français ou en langue romane a été écrit par Gauthier, chef des écoles de Metz. Cet ouvrage ou plu-

tôt ce poème intitulé *Mappemonde* parut en
1145; il commence ainsi :

« Ché sont les matieres qui sont contenues
en c'est livre, qui est appellé le Mappemonde,
sy le fit maître Gauthier de Més en Lorraine,
un très-boin philosophe[1]. »

Le plus ancien ouvrage français est l'histoire des ducs de Normandie qui date de 1160.
Metz a donc la priorité.

Si les moines, à cette époque, dégénéraient
de leur ancienne réputation, les laïques commençaient à se rendre les lettres familières ;
aussi la langue fut-elle vite introduite dans le
pays messin, et devint non seulement la langue
de la société, mais encore la langue dans
laquelle se rédigèrent les actes publics. Le
plus ancien de ces actes date de 1182, il
est relatif aux dîmes d'Amelange ; les actes
d'une époque postérieure sont nombreux. Il
faut avouer qu'il est étonnant qu'une ville
dite allemande ait été une des premières à
traduire en français les livres saints et à

[1] Maître Gauthier de Metz, en Lorraine, un excellent philosophe, est l'auteur des questions étudiées dans l'ouvrage intitulé *Mappemonde*.

14.

écrire dans cette langue ! Messieurs les Berlinois voudront-ils reconnaître à la suite de ce fait que Metz, quoique située sur les frontières de la Germanie, n'a jamais pris ni les usages, ni l'idiome de cette contrée? Nous ne le pensons pas ; il leur faudrait alors convenir avec nous que, de tous temps, cette ville fut une sorte de colonie française transplantée parmi les possessions de l'Empereur d'Allemagne.

Vers la fin du xii° siècle nous trouvons aussi dans le pays messin le poète français Hébert ou Hébers, connu surtout par sa traduction française du *Dolopathos* ou *Roman des Sept Sages* dont il fit hommage en 1184 à Bertram, évêque de Metz. Ce roman fourmille de sentences et de proverbes :

On sert le chien por le seignor
Et por l'amor le chevalier,
Baise la dame l'escuyer[1].

. . . .

Riens tant en greve menteor,
A larron, ne à rebeor,
N'a mauvez hom quiex qui soit,
Com' veritez quand l'apperçoit :

[1] On sert le chien pour le seigneur, et le chevalier baise la dame par amour, etc.

Et veritez est la masme
Qui tot le mond occit et tue.

Comme nous l'avons vu précédemment l'instruction s'était bientôt répandue dans toutes les classes, même parmi les femmes, et l'on se mit à traduire du latin en français les livres saints tels que les évangiles, les livres sapientiaux, etc., qui devinrent pour les fidèles un objet particulier d'études. La langue française fut ainsi rapidement connue, aussi faisait-on à Metz, dès le xv° siècle, beaucoup de chansons et de ballades dont il ne reste cependant que peu de choses.

La langue française était la langue de toutes les classes, on la parlait dans le commerce habituel de la vie. Quoique Metz appartînt à l'empire germanique, au titre de ville libre d'ailleurs, la langue allemande y était à peu près inconnue. Les lois étaient édictées en français, les arrêts étaient rendus en français ; le peuple priait en français ; son calendrier était en latin et chaque mois se terminait par un quatrain en français suivi de quelques préceptes d'hygiène en latin. Voici un exemple pris dans le mois de juillet :

Saige doit estre ou ne sera iamais
Lhomme quant il a quarâte six ans
Lors la beaulte decline desormais
Côme en iuillet toutes fleurs sont passans[1].

Qui vult solamen iulio pbat hoc medicamen. Venam
non scindat nec ventrê potio ledat. Sônum côpescat et
balnea cuncta pa uescat. Prodest recens unda allium
cu sal uia munda.

Comme autre preuve de l'usage de la langue française à Metz à cette époque, nous avons aussi les inscriptions que portaient les bombardes. Nous prenons la suivante sur une bombarde fondue en 1436 :

L'an xxxvj, mil iiiic
Fuz faicte, pour user mon temps,
En la garde, et pour la deffanse,
Que à ceulx de Mes font offanse,
Pour les pugnir et justicier,
Propice suis à tel mestier.
Et qni volroit scavoir mon nom,
Redoutée ensy m'appelle on[1].

[1] A l'âge de quarante-six ans, l'homme doit être sage ou il ne le sera jamais. Sa beauté décline alors comme les fleurs en juillet.

[1] Je fus faite en 1436, je dois passer mon temps à garder et à défendre Metz contre ceux qui l'attaquent; à les punir et à les châtier je suis destinée.
Que celui qui voudrait connaître mon nom sache que l'on m'appelle : Redoutée.

La langue allemande était tellement inconnue des Messins que la cité payait près de la Diète deux interprètes chargés de traduire en allemand toutes les pièces que les Messins envoyaient à la cour.

A la cour d'Allemagne on n'ignorait pas non plus que la langue en usage à Metz était celle du reste de la Gaule, c'est-à-dire le français; en conséquence, on écrivait aux Messins soit en français, soit en latin. Les archives de Metz ne renferment de la cour impériale qu'un seul acte allemand, c'est un jugement qui mettait la ville de Metz au ban de l'Empire. Quelque temps après l'expédition de ce jugement l'empereur adressait d'ailleurs un acte d'abolition *en latin* et le chancelier l'accompagnait d'une lettre d'envoi *en français*.

Metz possède plusieur chartes émanant de la chancellerie impériale et adressées aux Messins : elles sont rédigées en latin ou en français; *pas une n'est écrite en allemand*, ce qui était devenu cependant d'usage à partir du xve siècle pour les chartes adressées aux bourgeois des villes de la même région : Trèves, Strasbourg et Spire.

Inutile d'ajouter qu'à partir de 1552, date de
la réunion à la France, on continua à parler
communément la langue française.

D'ailleurs ne semble-t-il pas que ce soit une
folie de vouloir rattacher à chaque grande
puissance les provinces qui parlent la même
langue. A ce compte-là, il faudrait rattacher
à l'Allemagne les cantons de la Suisse où l'on
parle allemand et à la France ceux où l'on
parle français. Enfin s'élèverait la question de
savoir laquelle entre l'Autriche et l'Allemagne
aurait la prépondérance sur l'autre et se l'an-
nexerait définitivement.

De notre côté, tout en acquérant quelques
lambeaux de la Suisse et de la Belgique, nous
perdrions quelques belles portions de territoire soit du côté de l'Italie, soit du côté de
l'Espagne et serions réduits au rôle de puissance secondaire, comme le plan existait déjà
en 1815. C'est-à-dire que si chaque grande
puissance admettait une pareille aberration,
nous assisterions bientôt à un bouleversement
complet de tout l'équilibre européen.

CHAPITRE III

En quoi consiste la possession antérieure ?

Comme nous l'avons indiqué en commençant cette troisième partie, une des meilleures raisons qui militent en faveur de l'annexion de l'Alsace-Lorraine à la Prusse est celle-ci, d'après les Allemands. Avant 1552, Metz et ses dépendances faisait partie de l'empire d'Allemagne ! Donc, ajoutent nos ennemis, nous étions en droit de reprendre ce territoire.

Ainsi, parce qu'il y a trois siècles, tel coin de terre appartenait à tel gouvernement, cette portion revient de droit aujourd'hui à ce même gouvernement, d'après le raisonnement des docteurs berlinois.

Avant de pénétrer plus avant dans la question, il est permis de demander à ces grands logiciens ce qu'ils font de la prescription. Nous prévoyons parfaitement ce qu'ils ne nous répondront pas : la prescription est un personnage que nous ne reconnaissons que pour défendre nos vols ! Pourquoi d'ailleurs nous étonner de cette prétention de l'heure présente? Nous devrions plutôt nous rappeler sans remonter plus loin, que la Prusse en 1815 voulait déjà exiger la rétrocession du pays messin. Mais tout en nous souvenant des convoitises allemandes d'alors, il faut nous rappeler aussi que l'intervention de la Russie leur imposait silence. Bien que cette prétention d'antan ne prouve pas le moins du monde la légitimité de la possession actuelle, il est bon de ne pas ignorer non plus la propagande que les Allemands faisaient alors par le colportage de cartes, etc., pas plus que nous ne devons ignorer le même colportage fait actuellement en Belgique et dans nos départements du nord.

En 843, l'un des petits-fils de Charlemagne hérita de la contrée située entre la Meuse et le Rhin, et de cette époque datent les guerres qui eurent lieu entre la France et l'Allemagne. Enfin, en 980, par le traité de Reims, le roi de

France Lothaire cédait définitivement Metz à
Otto II, roi de Germanie.

Les Allemands, ayant possédé cette ville de
la fin du xᵉ jusqu'au milieu du xɪvᵉ siècle,
nous disent que c'est leur propriété.

Loin de souscrire à cette prétention, il est
bon de considérer quelle a été la situation de
Metz vis-à-vis des empereurs d'Allemagne pendant ces quatre siècles.

Metz appartenait à l'empire germanique,
mais au titre de ville libre se régissant elle-
même avec des magistrats élus dans son
sein.

Les cités de la Lorraine jouissaient alors
d'une indépendance presque entière, et la
tutelle de l'empire germanique n'était guère
qu'une question d'étiquette, ce qui concordait
d'ailleurs avec cette époque du moyen âge
où se formaient ces seigneuries et ces fiefs
presque indépendants vis-à-vis de l'empire. A
Metz, qui était la capitale du duché de Mosel-
lane depuis 959, l'autorité impériale s'exerçait
plutôt théoriquement que pratiquement par des
ducs et des comtes. Aussi dès 977 les évêques
de Metz possédaient le droit de battre monnaie.

L'autorité fixée à Metz continua d'agir sur le pays circonvoisin, et cette administration centrale, maintenue malgré l'isolement qui éclatait partout en France, empêcha surtout la société féodale d'exercer dans le pays messin l'influence puissante qu'elle eut produite s'il en avait été autrement.

Ce qui est plus remarquable, ce contre quoi les Allemands veulent lutter actuellement encore en établissant des maires de carrière comme nous l'avons indiqué précédemment, c'est que les magistrats employaient tous les moyens pour affaiblir les liens qui attachaient la cité à l'empire. Metz finit ainsi par s'affranchir des contingents armés dus à la réquisition de l'empereur, aussi bien que des subsides en espèces qui ne furent bientôt plus que des largesses accordées à titre gracieux lors des visites de l'empereur à Metz. On était arrivé ainsi dès 1115 à l'établissement de la liberté messine, c'est-à-dire que les habitants de la cité ne se considéraient nullement comme les sujets de l'empereur, Metz était ville impériale, mais ville libre, aussi en 1473 se fait-elle prier pour accorder des lar-

gesses à l'empereur Frédéric III ; mais n'an-
ticipons pas.

En 1323, les Messins avaient institué un
comité militaire qu'on appela les *Sept de la
guerre* pour veiller constamment à la défense
et au maintien des droits de la *république*.
On ne saurait trop insister sur ce mot *république* dont les bourgeois de Metz aimaient à
se parer. Pendant que les autres provinces de
l'empire étaient désolées par la guerre au
XIVe siècle, le pays messin vivait en paix
dans le luxe et la mollesse ; ou bien encore
il soutenait, sans en faire part à l'empire,
des guerres contre les ducs voisins et
concluait, vers la fin du XIVe siècle, un
traité d'alliance offensive et défensive avec la
Lorraine.

Mieux encore, nous voyons Metz entrer en
lutte en 1384 contre l'empereur d'Allemagne
en personne, le battre à plusieurs reprises et
triompher complètement de lui et de ses confédérés ; ce qu'elle avait déjà fait en 1009
contre le roi de Germanie Henri II, et ce que
le duc de Lorraine avait renouvelé en 1177.

Il faut avouer que pour une *ville impé-*

riale, comme la nomment volontiers les Allemands, Metz se moquait de son empereur et n'était en définitive qu'une république.

Les historiens font aussi remarquer que les princes avaient beau terminer leurs ordonnances en invoquant l'autorité royale, ces formules n'avaient plus aucune force, car les premiers de la cité étaient seuls regardés comme les vrais maîtres.

Est-ce à dire pour cela que la ville libre ou plutôt la république messine se trouvât affaiblie. Non, elle était assez forte pour combattre seule pour la défense de sa liberté, comme elle en donna la preuve en 1444 en soutenant, sans appui de l'empire, un siège qui dura six mois contre René d'Anjou, roi de Sicile, et contre Charles VII, roi de France.

Les Messins, à cette époque comme à celle-ci, étaient attentifs à maintenir surtout les franchises de la cité. Voici ce que nous lisons dans une histoire du pays messin : « Sous l'épiscopat de Georges de Bade, successeur de Boppart, Metz vit naître des troubles d'un nouveau genre entre les magistrats et le clergé de la cathédrale ; l'empereur d'Allema-

gne, le roi de France, le duc de Bourgogne et
le pape prirent fait et cause.» C'est là un véritable témoignage de l'indépendance de la cité
vis-à-vis de l'empire ; si Metz avait été réellement inféodée à l'empire, l'empereur aurait
eu seul à commander pour faire rentrer tou
dans le silence, sans avoir besoin du secours
du roi de France et du duc de Bourgogne.

A ceux qui voudraient prétendre que les
contributions levées par l'empire prouvaient
la dépendance de la cité, nous demanderons
si les contributions levées par la cour de Rome
mettaient aussi Metz sous la dépendance de
Rome? Et nous leur rappellerons que l'empereur, s'il en avait eu le droit, aurait été
trop jaloux de ses prérogatives pour ne pas
défendre de verser des contributions à d'autres
qu'à lui. Enfin, à ceux qui s'appuieraient sur
les splendides réceptions faites par Metz à
l'empereur Frédéric III en 1473, et à l'empereur Maximilien en 1486 et 1506 pour démontrer la dépendance de la cité, nous répondrons
que les Messins avaient l'habitude de faire ces
réceptions et ces cadeaux *à tous les princes*
qui venaient visiter Metz, car, comme dit une

chronique du pays, « l'argent n'y était pas rare ».

En 1498, Metz avait déjà prêté à l'empereur Maximilien près de 24,000 florins du Rhin, mais, comme rapporte un des historiens messins « les plus grands sacrifices ne coûtaient rien à la cité messine pour conserver son indépendance, et elle aimait mieux prêter avec l'assurance de n'être jamais remboursée que de se soumettre à des contributions dont elle se prétendait exempte ».

Enfin, pendant la guerre qui éclata entre François Iᵉʳ et Charles-Quint, Metz avait obtenu des deux monarques des lettres de neutralité ; la cité demeurait ainsi tout à fait indépendante. Ces lettres furent renouvelées dans la suite et, pendant la guerre de 1544, Charles-Quint expédia encore des lettres de sauvegarde datées de Bruxelles.

Metz tenait tellement à son indépendance que ce fut pour la sauver qu'elle se mit en 1552 sous la protection du roi de France. Henri II, dont la pensée constante était d'établir sur ses frontières de fortes barrières, n'eut garde de refuser ; Metz était un bouclier à opposer à la puissance autrichienne.

Les Messins ont tourné leurs regards vers la France parce que Charles-Quint avait demandé à la ville de Metz une contribution forcée pour les frais de la campagne d'Allemagne, ce qui attaquait son privilège de ville libre et, dit une chronique, « les Messins crévoient de rage et de dépit d'être ainsi forcés dans leur publique liberté pour le recouvrement de laquelle ils eussent, pour ainsi dire, hazardé leurs âmes, tant s'en faut qu'ils y eussent épargné leurs propres vies ».

D'après ce que nous avons remarqué, dans cette troisième partie, l'Allemagne doit donc laisser de côté les arguments de linguistique, d'ethnographie et de possession antérieure, pour justifier l'annexion de l'Alsace-Lorraine, d'autant plus que tout compte fait, les chiffres nous permettent aussi de mettre en doute la valeur des droits revendiqués par nos voisins.

Depuis la soumission de Vercingétorix au gouvernement de Rome, Metz est sous l'autorité gauloise ou franque jusqu'en 980 après J.-C., ce qui fait environ dix siècles. Enfin, elle est de nouveau sous la domination française

de 1552 à 1870 ; c'est-à-dire pendant trois
siècles qui, ajoutés aux dix précédents, donnent
treize siècles de possession française. Metz
porta à peine pendant six siècles, 980 à 1552,
le titre de ville libre impériale.

Metz méritait, comme on l'a vu, la dénomi-
nation de « Metz la riche » ; on avait exploité
cette situation pour faire des emprunts si
nombreux et si forts qu'elle dut en arriver à
emprunter à ses voisins, ce qui dura peu, et
la prospérité se mit à renaître dans la ville. De
nos jours encore, ce fut un des motifs pour
l'annexer et les Allemands se sont rappelé ce
que leurs ancêtres disaient de ce séjour qui
avait autrefois tant de charme pour eux :

> Wenn Franckfurt mein wäre
> So würde ich es zu Metz verzehren.

« Si Francfort m'appartenait, je le dépen-
serais à Metz ! »

Ce motif est assez plausible ; tandis que si l'on
devait invoquer la possession antérieure pour
justifier une annexion, les Espagnols pourraient
nous réclamer le Roussillon acheté dès 1462
par Louis XI, mais annexé seulement d'une

manière définitive en 1659, plus d'un siècle
après Metz, les Hohenzollern pourraient nous
reprendre la principauté d'Orange à la possession de laquelle ils ont renoncé en 1714 seulement, et pourquoi n'objecteraient-ils pas que
le royaume d'Arles a fait partie du Saint-
Empire, pourquoi oublieraient-ils Cambrai qui
était aussi une ville impériale privilégiée ?

Enfin, que diraient les Allemands si, la
fortune les reniant, on leur réclamait tout ce
qu'ils ont acquis depuis 1552 ?

Pourquoi, d'autre part, s'ils veulent revenir
à la situation européenne de 1552, n'accordent-
ils pas à Metz le même privilège de ville
libre ?

Quoi qu'il en soit, les Allemands peuvent
se persuader à la suite des différents votes des
Alsaciens-Lorrains, qu'ils ne réussiront pas de
si tôt à effacer de notre cœur et de notre
esprit la vieille parole de Tacite :

« Toute la Germanie est séparée des Gaules
par le Rhin. »

QUATRIÈME PARTIE

LES PASSEPORTS

CHAPITRE PREMIER

Exposé général du décret et des pièces additionnelles

Par la lecture des chapitres précédents on est amené à conclure que, dans le gouvernement de l'Alsace-Lorraine, la politique prussienne s'est modifiée avec le temps. C'est ainsi qu'elle en est venue à montrer, dans ces dernières années, qu'elle tient beaucoup plus à maintenir les paysans dans leurs chaumières qu'à conserver dans les villes l'élément français considéré comme plus réfractaire. Mais ceux que le gouvernement a visés de préférence, ce sont les membres de la classe aisée, à cause de l'influence qu'ils exercent sur les travailleurs. Le gouvernement s'est

surtout décidé à agir contre cette classe après
les élections de 1887, supposant bien à tort
que les gens aisés avaient surtout contribué à
son échec. Ces élections s'étaient cependant
faites en hiver, au mois de février, c'est-à-dire
au moment où l'Alsace-Lorraine est à peu
près vide d'étrangers. Mais il n'y a pas de
plus sourds que ceux qui ne veulent pas
entendre, déclare un dicton populaire, et c'est
le rôle qu'a choisi M. de Bismarck.

Le prince-chancelier se souvenait qu'en
1872, pour enrayer le mouvement qui portait
une masse d'Alsaciens-Lorrains à opter pour
la France, il avait rendu un ukase qu'on peut
résumer comme suit : « *Tout optant, désireux
de revenir dans sa famille ou dans ses propriétés, a trois jours pour faire sa déclaration
à l'autorité de la commune où il arrive. En
outre, l'optant doit se munir en France d'un
passeport visé par les autorités consulaires
allemandes.* »

M. de Bismarck se rappelait la profonde
irritation provoquée dans toute la France par
cette mesure, et le mécontentement des optants restés propriétaires en Alsace-Lorraine.

Rééditer cette mesure, abolie par une entente avec la France, c'était donc aller contre le vœu des populations de l'Alsace-Lorraine. Il en avait encore comme preuve la motion déposée au Parlement, en mai 1878, par les députés des pays annexés auxquels s'étaient joints les députés polonais :

I. *Que les optants alsaciens-lorrains soient admis en Alsace-Lorraine au même titre que les sujets des autres Etats étrangers.*

II. *Que les optants de l'âge de vingt-trois à vingt-sept ans que des devoirs impérieux de famille forcent à rentrer ne soient plus assujettis au service militaire actif.*

Le Jupiter aux petits pieds, affirmant qu'il y avait de l'agitation en Alsace-Lorraine et que le gouvernement voulait tout faire pour l'empêcher, fit décréter l'obligation du passeport pour pénétrer dans les provinces annexées.

De cette sorte, depuis le 1er juin 1888, l'Allemagne a élevé entre nous et nos frères d'Alsace-Lorraine une nouvelle barrière.

La première question que soulève l'obligation du passeport est celle-ci : la mesure a-t-elle été décrétée à Strasbourg ou à Berlin?

Dans une séance du Reichstag il a été répondu par M. de Bœtticher, secrétaire d'Etat,
que le décret émanait de Strasbourg.

Par cette déclaration, M. de Bismarck, le
véritable instigateur, se couvrait, et toute la
France apprit alors que la triste responsabilité,
que n'aurait pas voulu assumer le grand chancelier, était revendiquée par M. de Hohenlohe.

Le gouverneur d'Alsace-Lorraine ajoutait
cette nouvelle vexation à celles enfantées par
sa politique néfaste. Sans perdre son temps
à lancer de longues diatribes contre ce tyrannique vieillard, il est permis de se demander
si c'est à cela que tendaient certaines études
auxquelles s'adonnait M. de Hohenlohe, quand
autrefois à Paris, on le voyait en compagnie
d'agents recrutés dans la brigade affectée aux
mœurs!

Voici comme les annonces de ces mesures
étaient indiquées dans un supplément extraordinaire du *Bulletin officiel des administrations
sociale et départementale*, à la fin de mai 1888:

« *Arrêté du ministère d'Alsace-Lorraine.* —
En vertu des lois du 2 octobre 1795 (10 ven-

démiaire an IV de la République) et du 19 octobre 1797 (28 vendémiaire an VI), ainsi que
de l'ordonnance du 20 avril 1814, il est pres-
crit ce qui suit :

« I. — A partir du jeudi 31 mai 1888, tous les
étrangers arrivant *par la frontière française*,
qu'ils traversent seulement le pays ou qu'ils
aient l'intention d'y séjourner, doivent être
munis d'un passeport portant le visa de l'em-
bassade d'Allemagne à Paris. Le visa ne doit
pas remonter au delà d'un an.

« Les pièces de légitimation des voyageurs
de commerce étrangers ne tiendront pas lieu
de passeport.

« Les étrangers qui ne seront pas munis du
passeport régulier ne pourront pas continuer
leur voyage et, le cas échéant, ils seront recon-
duits à la frontière.

« Les nationaux allemands qui arriveront
par la frontière française seront dispensés de
produire un passeport.

« II. — Ne seront pas soumis à l'obligation du
passeport :

« Les habitants des communes frontières de
France qui se rendront pour affaires dans une

commune frontière allemande et pourront établir leur identité devant l'officier de police de la frontière. »

Comme l'indique l'en-tête du décret, ces mesures ont été prises en vertu de deux lois françaises du siècle dernier. Ce fait avait été signalé de suite sous une forme gouailleuse par certains journaux allemands, entre autres par le *Vaterland de Munich*, qu'il est bon de citer : « Elles remontent donc à la triste époque de la Terreur. *Il paraît que la législation française est excellente !* Ces mesures n'étaient dirigées que contre les prêtres et les émigrés ; maintenant, près d'un siècle plus tard, on les applique à tous les voyageurs qui veulent visiter l'empire allemand en traversant la frontière franco-allemande. »

L'obligation du passeport donna lieu, de suite, à une modification des prescriptions relatives au séjour en Alsace-Lorraine des personnes de nationalité française. Ces prescriptions ont été remplacées, le 23 mai 1888, par une instruction qui les règle d'une manière uniforme. Les points principaux de ces instructions sont les suivants :

« *1.* —Les personnes de *nationalité française*
munies d'un passeport visé par l'ambassade
d'Allemagne à Paris n'ont pas besoin, sous la
réserve des dispositions énumérées sous le
chiffre *3*, d'une permission de séjour en Alsace-Lorraine, en tant que ce séjour n'excède
pas la durée de huit semaines.

« Le président du département peut accorder
la permission, à titre d'exception, pour une durée de plus de huit semaines, à moins que des
objections, de quelque nature qu'elles soient,
ne s'opposent à un séjour prolongé.

« *2.* — Toute personne de *nationalité française* est tenue dans chaque localité du pays
où elle fait un séjour de plus de vingt-quatre
heures, de faire la déclaration de sa présence
au maire, dans les villes de Strasbourg, Metz
et Mulhouse à la direction de police, en joi-
gnant à cette déclaration le passeport. Sur la
demande de l'autorité, cette déclaration devra
être faite personnellement.

« Le renouvellement des déclarations dans
une seule et même localité pour un séjour de
quelque durée ne sera pas exigé.

« Les déclarations seront inscrites, par ordre

chronologique, sur une liste dans laquelle sera indiquée l'autorité qui a délivré le passeport et à quelle date celui-ci a été visé par l'ambassade d'Allemagne.

« Les maires auront à adresser, le 1ᵉʳ de chaque mois, au directeur de l'arrondissement, une copie des inscriptions faites dans la liste le mois précédent. Le directeur rassemblera ces extraits de liste dans un relevé spécial, qui devra être tenu soigneusement au courant.

« Le directeur d'arrondissement ou le directeur de police pourront, par exception, accorder une permission de séjour provisoire à des personnes non munies d'un passeport portant le visa de l'ambassade d'Allemagne. Dans ce cas, il y aura lieu de soumettre à la police locale, lors de la déclaration d'un étranger, à la place du passeport, la décision relative à la permission du séjour et, dans des cas urgents, un certificat que cette permission a été demandée.

« Les dispositions des arrêtés de police des présidents de départemant de juin 1883, relatifs à la police des étrangers, sont maintenues.

« Les gendarmes sont tenus de veiller à la

stricte exécution des prescriptions relatives aux passeports et aux déclarations à faire par les personnes de *nationalité française*, et, à cet effet, ils ont notamment le droit de prendre en tout temps, pendant les heures de bureau ordinaires, connaissance des listes tenues dans les mairies.

« *3.* — Les personnes qui font partie de l'armée active ou de la marine *française*, les officiers de la réserve et de l'armée territoriale et les anciens officiers *français*, ainsi que les élèves d'écoles *françaises* militairement organisées, devront, pour pouvoir faire un séjour en Alsace-Lorraine, être munis d'un passeport visé par l'ambassade d'Allemagne à Paris et, en outre, d'une permission spéciale. Cette permission ne peut leur être accordée qu'exceptionnellement par le directeur d'arrondissement ou le directeur de police, sur la production d'une pièce constatant l'urgence du cas, et pour une durée aussi courte que possible.

« Les personnes qui ont perdu la nationalité allemande avant d'avoir satisfait à l'obligation du service militaire, et n'ont pas encore acquis une autre nationalité ou ont acquis la *nationalité française* (émigrés), devront être munies également d'une permission spéciale aussi longtemps qu'elles n'ont pas atteint l'âge de quarante-cinq ans révolus.

« Les personnes désignées sous les chiffres *1* et *2* ont à produire aussi, en faisant la déclaration de présence devant l'autorité de police locale, la permission de séjour et, dans les cas urgents, un certificat constatant que cette permission a été demandée. Il y aura lieu d'en faire mention dans la liste.

« Les prescriptions militaires relatives aux déclarations de présence de militaires *français* (arrêté du 18 novembre 1882, I. A. 12,597) sont maintenues.

« *4.* — Les personnes de *nationalité française* qui, dès avant le 10 avril 1887, ont séjourné en permanence dans le pays, ainsi que celles qui possèdent des biens immeubles en Alsace-Lorraine et qui ont passé jusqu'à présent régulièrement une partie de l'année en Alsace-Lorraine, n'ont besoin, dans aucun cas, d'une permission de séjour spéciale, si, s'étant rendues temporairement en France, elles en reviennent un peu plus tard.

« Enfin, les enfants arrivant seuls en Alsace-
Lorraine, à l'exception des garçons astreints
à l'obligation scolaire, n'ont besoin, dans aucun cas, d'une permission de séjour spéciale. »

Le *Journal officiel* fait suivre cette commu-
nication des observations suivantes :

Il résulte de ce qui précède qu'un passeport visé par
l'ambassade d'Allemagne à Paris est exigé non seulement des étrangers venant par la *frontière française*
mais aussi de tous les *nationaux français* qui se rendent en Alsace-Lorraine par le Luxembourg, la Suisse
ou la frontière allemande, et s'arrêtent plus de vingt-
quatre heures dans une localité quelconque. Le permis
préalable exigé jusqu'à présent des nationaux français
pour un séjour en Alsace-Lorraine est par conséquent
remplacé, en général, à l'avenir par la possession d'un
passeport régulier, mais une *autorisation spéciale*
du président du département est nécessaire si la durée
du séjour dépasse huit semaines.

La possession du passeport ne suffit cependant pas
pour permettre le séjour dans le pays aux personnes
désignées sous le chiffre 3, savoir : les militaires et
les marins français, les officiers de la réserve, ceux de
l'armée territoriale, les officiers en retraite et les élèves
des écoles organisées militairement, ainsi que les émigrés, c'est-à-dire ceux qui ont perdu leur nationalité
allemande avant d'avoir satisfait à l'obligation du service militaire par suite d'un des motifs énumérés par
la loi du 1er juin 1870 sur la nationalité, tels que renvoi
de la nationalité, séjour de dix ans à l'étranger, etc.,
et qui n'ont pas encore recouvré une autre nationalité
ou sont naturalisés Français. Les personnes de cette

catégorie, lorsqu'elles veulent s'arrêter plus de vingt-quatre heures dans une localité du pays, sont obligées de se munir d'un permis spécial qui leur sera délivré par le directeur de l'arrondissement compétent ou par le directeur de police.

Le permis de séjour provisoire ne concerne que les nationaux français qui ne possèdent pas de passeport régulier et qui sont arrivés par une autre frontière que la frontière française, puisque à cette dernière tout étranger qui ne peut présenter un passeport est renvoyé. Cette mesure a pour but de faciliter aux Français qui viennent dans le pays par une frontière non soumise à l'obligation du passeport le moyen d'obtenir ce papier indispensable pour tout séjour au pays.

Le chiffre 4 a en vue les nationaux français qui jusqu'à présent n'avaient pas besoin d'une autorisation spéciale pour séjourner en Alsace-Lorraine. Si ces personnes arrivent par la frontière française, elles sont également obligées d'être munies d'un passeport visé par l'ambassade d'Allemagne à Paris.

Les sujets de l'Empire allemand n'ont pas besoin de passeport en venant de la frontière française, mais ils devront se légitimer comme tels. Est admis comme preuve tout papier qui constatera, aux yeux du fonctionnaire chargé du contrôle des voyageurs, l'identité réclamée. Pour éviter tout désagrément, on fera bien de se munir d'une *Passkarte* délivrée par l'autorité indigène.

Le contrôle du passeport, en ce qui concerne les *nationaux français*, est complété par l'obligation, imposée par le chiffre 2 de l'arrêté, d'annoncer à la police la présence de tout étranger. Cette obligation, imposée à tous ceux qui hébergent un étranger par l'arrêté des présidents de département du mois de juin 1883, ainsi que les dispositions relatives aux déclarations de présence des militaires français qui séjourneront dans le pays continuent de rester en vigueur.

Le contrôle des passeports des voyageurs arrivant par la frontière française est exercé par les fonctionnaires chargés de la police de la frontière, par les douaniers et les gardes forestiers de service dans les forêts situées près de la frontière.

Quant à l'exception prévue dans le n° II de l'arrêté du 22 mai sur les passeports, les présidents de département désignent les communes françaises dont les habitants pourront franchir la frontière pour leurs affaires sans avoir besoin d'un passeport.

Leurs relations de frontière sont maintenues telles qu'elles existaient jusqu'à présent et dans la mesure exigée pour les affaires entre les riverains.

Nous reproduisons enfin les dispositions de l'arrêté départemental relatif aux déclarations de police :

Nous, président du département de la Lorraine,

Vu le décret du 22 décembre 1789, section III, article 2, numéros 1 et 9 ;

Arrêtons, pour le département de la Lorraine, ce qui suit :

§ 1.

Seront tenus de déclarer à l'autorité de police :

1° Les bailleurs de logements et les logeurs à la nuit, l'entrée et la sortie de leurs locataires ;

2° Les chefs de ménage, l'entrée et la sortie des personnes appartenant à leur ménage (membres de la famille, nourrissons, domestiques, apprentis, etc.) ;

3° Ceux qui, en dehors des cas spécifiés sous les numéros 1 et 2 spécifiés ci-dessus, donnent le gîte à une personne, l'arrivée et la durée probable du séjour de cette personne.

- Le séjour temporaire de membres de la famille qui sont sujets de l'Empire allemand n'est pas soumis à l'obligation de la déclaration.

Les aubergistes, hôteliers, logeurs et loueurs de maisons garnies devront déclarer, conformément aux dispositions du numéro 3 ci-dessus, l'arrivée de tout étranger qui n'est pas sujet de l'Empire allemand, sans préjudice des obligations qui leur sont imposées par l'article 475, numéro 2, du Code pénal français en ce qui concerne la tenue et la présentation du registre des étrangers.

§ 2.

La déclaration doit contenir le nom complet, l'état ou la profession, l'âge et le lieu de naissance des personnes à déclarer.

En outre, la déclaration d'entrée indiquera la dernière demeure la déclaration de sortie et, si possible, la demeure future de la personne déclarée.

Dans les communes de plus de 2,000 habitants, l'autorité de police pourra exiger d'une manière générale que la déclaration soit faite par écrit, et qu'à cet effet il soit fait usage d'une formule déterminée.

§ 3.

Les déclarations seront faites dans les vingt-quatre heures de l'entrée ou de la sortie. Les aubergistes, hôteliers, logeurs et loueurs de garnis devront faire la déclaration prescrite au § 1er, alinéa 2, le jour même de l'arrivée de l'étranger ou au plus tard le lendemain.

Dans les communes divisées en plusieurs sections de police, la déclaration sera faite au commissariat de police de la section respective.

§ 4.

Les contraventions aux dispositions qui précèdent seront poursuivies conformément à l'article 471, n° 15 du Code pénal français ; les contraventions aux prescriptions de l'article 475 n° 2 du Code pénal français commises par les aubergistes, hôteliers, logeurs et loueurs de maisons garnies, seront poursuivies conformément audit article.

§ 5.

Les dispositions du présent arrêté entreront en vigueur le 1er août prochain.

L'arrêté de police, du 15 mai 1879, relatif à la déclaration des étrangers, est rapporté.

Metz, le 15 juin 1883.

Le Président de la Lorraine,

DE FLOTTWELL.

Après la publication de l'arrêté du ministère d'Alsace-Lorraine, il était nécessaire que le consulat d'Allemagne à Paris fixât le public sur la situation par rapport à l'entrée des Français sur le territoire alsacien-lorrain lorsqu'ils voudraient y séjourner.

Voici la première pièce émanant du consulat d'Allemagne à Paris et parue le 23 mai dans le *Journal d'Alsace* :

KAISERLICH DEUTSCHES KONSULAT

2, *rue de Villersexel, Paris.*

1° D'après des arrêtés ministériels récents, les personnes de nationalité française ne peuvent plus séjourner en Alsace-Lorraine qu'en vertu d'une autorisation préalable qui doit être délivrée par le directeur de l'arrondissement dans lequel elles veulent séjourner et, pour les villes de Strasbourg et de Metz, par le directeur de police.

Le permis n'étant accordé que pour des raisons d'affaires ou de famille et pour un temps limité, il faut indiquer dans la demande les motifs et la durée voulue du séjour. Le permis accordé au mari s'étend à la femme et aux enfants. Les femmes voyageant seules ne sont pas dispensées du permis.

2° Pour un séjour dépassant quatre semaines, le directeur de l'arrondissement ou le directeur de police doit demander, avant de délivrer l'autorisation, l'assentiment du président du département. En conséquence, la réponse aux demandes de séjour subissant nécessairement dans ce cas un retard, il vaut mieux, quand on est pressé, demander un séjour de quatre semaines au plus, sauf à le faire prolonger plus tard.

3° Quand il y a urgence, par exemple s'il s'agit de voir un parent gravement malade ou d'assister à l'enterrement d'un proche parent, l'autorisation préalable n'est pas nécessaire. On fera bien, dans ce cas, de se munir d'une preuve quelconque de l'urgence (lettre annonçant la maladie ou le décès, etc.) et l'on devra demander le permis dès l'arrivée en Alsace-Lorraine.

4° Les Français qui ont des immeubles en Alsace-Lorraine ne sont pas soumis aux formalités qui précèdent, s'ils ont l'habitude de passer une partie de l'année dans leurs propriétés.

Ces quatre paragraphes furent bientôt complétés par des explications que l'on trouvait dans un avis imprimé distribué au siège même de l'ambassade d'Allemagne à Paris. Nous le reproduisons intégralement :

AMBASSADE D'ALLEMAGNE A PARIS, 78, rue de Lille. — *Tout étranger* arrivant en Alsace-Lorraine par la *frontière française.* qu'il ne soit que de passage ou qu'il veuille y séjourner, devra être porteur d'un passeport émanant de son gouvernement ou d'un agent diplomatique ou consulaire de son pays, et muni du *visa de l'ambassade d'Allemagne à Paris.* Ce visa n'est valable que pour un an. Les frais sont de 12 fr. 50.

En outre, tout Français qui séjournera plus de vingt-quatre heures dans une commune de l'Alsace-Lorraine *quelle que soit la frontière par laquelle il sera entré,* devra faire une déclaration de résidence dans les vingt-quatre heures, soit au maire de la commune, soit, pour les villes de Metz, de Strasbourg et de Mulhouse, au directeur de police, en justifiant de son identité par un passeport également muni du *visa de l'ambassade d'Allemagne à Paris.*

Ces passeports tiennent lieu d'un permis de séjour de huit semaines, sauf des cas exceptionnels. Les huit semaines écoulées, une prolongation peut être demandée au président du district.

L'ambassade d'Allemagne ne peut viser les passeports *des Français* voulant se rendre en Alsace-Lorraine qu'après s'être informée auprès des autorités de ce pays si rien ne s'y oppose. Cette formalité cause nécessairement un certain retard.

Aux Français qui présenteraient à l'ambassade un permis de séjour qu'ils se seraient eux-mêmes procuré, le visa est généralement délivré aussitôt.

En demandant le visa à l'ambassade d'Allemagne

les voyageurs français feront bien d'indiquer avec
pièces à l'appui les motifs de leur voyage ainsi que les
lieux où ils veulent se rendre et la durée probable du
séjour. Il sera en outre bon de donner des références.

Les voyageurs de commerce devront présenter avec
leur passeport la carte de patente (*Gewerbe légitimation Karte*).

Bureau des passeports, ouvert de 10 heures à midi
et de 1 heure 1/2 à 3 heures.

Il est à noter que la formalité du passeport
est exigée sans préjudice des mesures anté-
rieures.

Ainsi tout individu de nationalité française
ou étrangère, ne se trouvant dans le train que
pour traverser l'Alsace-Lorraine, est exempté
de l'obligation du permis de séjour, mais devra
justifier d'un passeport visé à Paris.

Quant aux sujets allemands, spécialement
aux habitants des pays annexés, ils ne sont
pas tenus d'avoir un passeport. Il va sans dire
que dans la pratique ils doivent fournir la
preuve de leur identité. Le meilleur certificat
de ce genre est celui delivré sous le nom de
Passkarte par les bureaux de police et qui
coûte 40 pfennig (0 fr. 50). On y trouve consi-
gnés le signalement sommaire du porteur, son
adresse, sa profession. Elle est valable pour

un an. Tout Alsacien-Lorrain appelé par ses
affaires à passer la frontière fait bien de s'en
munir pour éviter bien des formalités, comme
l'indique l'épisode cité en tête du présent
ouvrage.

Rendu attentif à ce fait que la nécessité de
produire un passeport qui s'impose désormais
à tous les voyageurs désireux de se rendre en
Allemagne par la frontière franco-allemande,
et la nécessité d'avoir un permis de séjour
qui s'impose à tous les Français désireux de
s'arrêter quelque temps dans la province,
pouvaient se concilier d'une manière qui sim-
plifiât toutes les formalités, le gouvernement
allemand donna une autorisation dans ce sens.
Nous en avons comme témoignage l'avis que
le *Kreisdirektor* de Metz-campagne notifiait aux
maires de son arrondissement : « L'ambassade
d'Allemagne à Paris visera les passeports des
sujets français sans prendre d'informations
lorsque ces derniers déclareront ne vouloir
que traverser l'Alsace-Lorraine et ne pas y
séjourner. Ce visa portera la mention : *Visé
seulement pour le passage.* Un passeport re-
vêtu de cette mention ne donne pas droit à

16.

un séjour en Alsace-Lorraine. Si *des sujets français*, possesseurs d'un passeport visé seulement pour le passage, séjournent dans le pays, vous voudrez bien m'en informer immédiatement. »

Un an après, c'est-à-dire en 1889, le ministère d'Alsace-Lorraine faisait annoncer qu'il était défendu aux maires de délivrer aux personnes de leur commune respective des certificats attestant que ces personnes sont de nationalité allemande. Ces certificats exhibés au commissariat de police de la frontière avaient jusqu'alors servi de pièces de légitimation. Cet acte du gouvernement annonçait donc une recrudescence de rigueur, puisque précédemment les habitants des villages frontières en avaient été exempts. Le kreisdirektor de Metz-campagne publiait en conséquence l'avis suivant en décembre 1889 : « Il vient d'arriver à ma connaissance que la teneur de ma circulaire du 23 novembre courant, n° 6172, ne paraît pas avoir été bien comprise par quelques maires, attendu que quelques-uns ont cru devoir refuser aux habitants de leur localité, qui en avaient fait la demande, les pièces ou certificats nécessaires pour l'obtention d'un passeport ou d'une passe-carte.

« Ces certificats (Pass-Atteste) devront être délivrés par les maires à l'avenir comme auparavant, seulement il devra être mentionné expressément qu'ils n'ont été délivrés que dans le but de pouvoir obtenir un passeport ou une passe-carte et qu'en aucun cas ils ne pourront servir de légitimation prouvant la nationalité du porteur. »

Cet avis survenant après le voyage de l'empereur Guillaume II indique la ferme résolution du gouvernement de maintenir avec rigueur cette mesure inique qui fait de l'Alsace-Lorraine un cachot. Toutes les pétitions adressées à ce sujet à l'Empereur et à l'Impératrice purent être comparées à cette voix qui s'épuise à crier dans le désert. D'ailleurs un correspondant de la *Post* de Berlin n'avait-il pas prédit d'avance l'insuccès de cette démarche !

Le rôle le plus odieux dans toute cette question est celui que joue le prince de Hohenlohe. C'est en effet avec une certaine fourberie

que le gouverneur d'Alsace-Lorraine, en parcourant le pays l'été dernier, promettait à
tous, en Alsace comme en Lorraine, qu'il
interviendrait en faveur des pétitionnaires.
Non seulement il n'en a rien fait, mais dès
son retour à Strasbourg il faisait notifier
aux directeurs d'arrondissement qu'ils avaient
à enjoindre aux maires de ne plus avoir à
délivrer des certificats attestant la nationalité
allemande que dans le but d'obtenir un passeport. Aussi faut-il encore s'étonner de voir
M. de Hohenlohe tout contrarié (ses journaux
le disent du moins) de l'injustice des populations à ne pas vouloir admettre qu'il ne les a
pas plus molestées que le maréchal de Manteuffel. Et pour prouver son dire, les défenseurs de M. de Hohenlohe rappellent l'arrêté
de novembre 1882 par lequel le gouvernement
allemand avait déjà écarté de l'Alsace-Lorraine
les militaires français appartenant soit à l'armée
active, soit à la réserve, soit même à l'armée
territoriale. Cela se passait sous le gouvernement de M. de Manteuffel ; on s'attaquait aux
hommes valides. Le décret de mai 1888, sous
le gouvernement de M. de Hohenlohe, s'attaque

plus spécialement aux femmes, aux enfants,
et aux hommes âgés de quarante-cinq ans;
c'est un peu plus brutal, il nous semble, et
nous reporte aux époques de barbarie. En ce
moment nous voyons refuser à une fille l'autorisation de venir embrasser sa mère et au
fils la permission de conduire son père à sa
dernière demeure, comme les députés d'Alsace-
Lorraine l'ont déclaré au gouvernement dans
une séance de la délégation.

En aurait-il été ainsi sous le gouvernement
du maréchal? Il est permis de douter du contraire; car il aimait à mettre ses actes en rapport avec ses théories, et celles concernant ce
sujet se trouvent traitées dans un de ses discours. Nous donnons le passage en entier, il
est la condamnation de la politique actuelle et
confond en même temps les défenseurs de
M. de Hohenlohe : « Mais que, lorsque je dois
« trancher une question quelconque, je me
« demande d'abord si le solliciteur appartient
« au parti de la protestation et s'il pleure
« encore des larmes de sang parce que l'éten-
« dard allemand flotte sur les murs de Stras-
« bourg, je ne saurais m'y résoudre. Et que

« lorsqu'un père vient à moi et me prie de
« permettre à son fils de rentrer au pays
« parce que sa mère est à l'agonie, je me
« livre à une inquisition au lieu de songer à
« accorder à la mère une dernière joie et au
« fils la bénédiction de la mère, voilà ce à quoi
« je ne saurais pas davantage consentir. Et
« certes une pareille ligne de conduite ne com-
« promet pas les intérêts allemands, car elle
« est essentiellement allemande. »

Ce sont là les paroles d'un homme qui
connaissait le caractère de nos compatriotes,
et qui savait allier la patience d'un législateur
à la gloire d'un chef d'armée. Mais à côté de
ces qualités il avait un défaut dont est exempt
M. de Hohenlohe : le maréchal était sourd,
sourd à toutes les passions haineuses des
petits fonctionnaires, sourd aux calculs de
M. de Bismarck, sourd à tout ce qui respirait
l'ancienne barbarie de la souche prussienne.
Il était plus juste et moins tyran que son
successeur.

CHAPITRE II

Valeur des motifs invoqués pour justifier l'obligation du passeport

Une idée dont le gouvernement de Berlin ne veut pas démordre, c'est que ce sont les optants, les exilés volontaires qui entretiennent en Alsace-Lorraine l'esprit de répulsion contre la domination prussienne, comme si ce joug n'était pas déjà assez répugnant par lui-même. Je ne ferai donc pas à mes compatriotes l'injure de discuter ce point, leurs votes et le chiffre imposant des désertions ont assez prouvé que leurs attaches sont en France. Le soufflet administré au gouvernement allemand aux dernières élections par les électeurs d'Alsace-Lorraine a eu un retentissement assez sonore dans toute l'Europe pour que nous en ayons conservé l'écho.

Je ne crois pas qu'il soit nécessaire d'insister beaucoup plus sur la conduite des Français qui se rendent en Alsace-Lorraine. Tous les optants s'abstiennent avec soin de toute démarche compromettante, évitant même de visiter leurs anciens amis pour écarter toute idée de complot. Ils prennent mille précautions pour ne pas donner prise aux défiances de l'autorité et pour rester dans les limites de la légalité. D'ailleurs ces optants voudraient-ils même faire une propagande française que les habitants des pays annexés ne souffriraient pas cette injure, et seraient en droit de leur demander s'il est plus noble de souffrir toutes les tracasseries allemandes, en restant au pays pour y attendre la France, ou s'il vaut mieux quitter l'Alsace-Lorraine et donner ainsi champ libre à l'envahissement de l'élément allemand, qui serait un obstacle de plus pour le jour où la force ne primera plus le droit. Mais pourquoi essayer de justifier la conduite correcte des Français qui se rendaient dans les pays annexés? nos adversaires sont résolus à ne rien entendre. Devant cet entêtement prussien à incriminer ceux de nos compa-

triotes qui se rendent en Alsace-Lorraine, il
est donc plus naturel de considérer la valeur
de l'affirmation de M. Studt, sous-secrétaire
d'Etat, quand il dit que *l'obligation des passe-*
ports est une mesure de sécurité, comme en
fait mention le compte rendu de la séance de
la délégation du 1er février 1889. Est-ce aussi
une simple mesure visant à réduire les relations entre les deux pays, comme l'annonçait
le journal de M. de Bismarck, l'officieuse
Gazette de l'Allemagne du Nord ?

Nos lecteurs apprendront, non sans curiosité, l'appréciation formulée par un des plus
fervents auteurs de la triple alliance, par
M. Crispi, en 1859. Nous citons le passage
du journal *Le Temps* du 29 août 1888 : « *Rien*
de plus sot que le système des passeports sur
lequel les gouvernements du continent croient
se donner de la sécurité. » Ce jugement d'un
ami n'était pas tout à fait doux, mais passons
et voyons si la sécurité pouvait être violée
facilement. N'était-il pas suffisant pour nos
nationaux de se voir menacés continuellement
dans leur séjour en Alsace-Lorraine en vertu
de la loi française du 3 décembre 1849, encore

en partie en vigueur dans les pays annexés, et ayant trait à la naturalisation et au séjour des étrangers en France. L'article 7 de cette loi confère au ministre de l'intérieur le droit d'ordonner à tout étranger qui voyage en France ou qui y séjourne de quitter immédiatement le pays ou de faire conduire cet étranger à la frontière.

Pourrait-on objecter que le gouvernement prussien ait jamais hésité à se servir de cette loi ? Nullement, et il me suffira pour prouver mon jugement de citer deux expulsions assez connues : celle de M. G. Rothan en 1885 et celle de M. Albert Delpit en 1887.

De plus, n'avait-on pas déjà écarté de l'Alsace-Lorraine, par un arrêté du 2 novembre 1882, les militaires français appartenant soit à l'armée active, soit à la réserve, soit même à l'armée territoriale. Cette mesure de sécurité, *risum teneatis*, était donc dirigée surtout contre les femmes, contre les enfants, et contre les vieillards ou du moins les hommes ayant dépassé l'âge de quarante-cinq ans et n'appartenant plus à l'armée. Il faut avouer après cela que le gouvernement fait bien de l'hon-

neur à la race gauloise pour avouer que
parmi nous les faibles mêmes sont à redouter
par les Prussiens ; les Berlinoises en sécheront
de jalousie, mais nous nous garderons bien
de leur dépêcher quelques wagons de nour-
rices, ce serait sauver une race trop timide
vraiment.

Pour que le lecteur se persuade bien que
nous n'inventons rien pour les besoins de la
cause, nous citerons encore les explications
du sous-secrétaire d'État aux membres de la
délégation : « Quiconque a suivi la marche
des mesures prises, a dû reconnaître qu'elles
ont marché de pair avec les événements qui
se passaient à l'étranger et qui *menaçaient la
sécurité publique* de ce côté de la frontière. »

L'officieuse *Gazette de Cologne*, qui n'est
cependant pas prodigue de libéralisme à notre
égard, désavouait cette mesure ainsi que
d'autres journaux allemands, ce qui nous fait
croire que la sécurité de l'Empire ne devait
pas être fortement menacée ! Aussi ne pouvons-
nous omettre de demander au gouverneur
d'Alsace-Lorraine quelles sont les terribles
machinations, quels sont les complots épou-

vantables découverts par sa profonde sagacité
dans l'odieux procès de Leipzig ! Le gouvernement allemand des pays annexés dansait-il
réellement sur un volcan monstre dont les ra-
mifications menaçaient le trône des *Hohenzollern*, pour que M. Studt ait déclaré aux députés
de la délégation que le passeport devait avoir
cet effet utile « *de rompre la trame des trahi-
sons !* » Ou bien M. Studt voudrait-il nous faire
accroire que la Ligue des patriotes n'existait pas
antérieurement à 1888, ou encore que cette
société n'est devenue menaçante pour la paix
de l'Allemagne qu'à cette date seulement ! Je
me hâte d'ajouter que je ne vois pas trop en
quoi une demi-douzaine d'adhérents à la Ligue
des patriotes découverts à grand'peine par la
police prussienne pouvaient être dangereux
pour la tranquillité du pays ; à moins toutefois que le gouvernement ne veuille faire l'honneur à ces ligueurs de leur attribuer la constance manifestée par la population dans ses
protestations ! Quoi qu'il en soit, je me permet-
trai de faire remarquer que les ligues de patriotes qui existent en Allemagne sous le nom
de *Kriegerverein* sont encore bien plus provo-

cantes et plus menaçantes pour la paix européenne que la Ligue présidée par l'honorable
Paul Déroulède. La ligue française se con-
tente d'aller faire annuellement son pèlerinage
à Champigny ; tandis que les sociétés prussiennes viennent faire retentir leur cri de
guerre à notre frontière, sur les champs de
bataille de Gravelotte, Saint-Privat, etc. Je ne
suppose pas non plus que par l'obligation du
passeport le gouvernement allemand ait eu la
prétention de vouloir écarter de ses frontières
les espions qui existent dans tous les pays !
Et tout en admettant que l'empire allemand
a le droit de protéger ses conquêtes contre les
agissements de l'étranger, l'on est en droit
encore d'affirmer que des mesures de police,
intelligentes et sévères contre tels ou tels individus, auraient bien mieux atteint le but.
L'obligation du passeport ne fait au contraire
que blesser profondément le pays dans ses
intérêts comme dans ses sentiments les plus
chers. Si donc M. de Hohenlohe vise à mé-
contenter le pays, il a atteint son but, mais
celui-ci n'est que secondaire. L'arrêté concernant les passeports visait à toute autre chose ;

et, tout en ayant l'apparence d'écarter d'Alsace-Lorraine les agitateurs, cette mesure ne
tend à rien moins qu'à l'*expropriation* de nos
nationaux propriétaires dans les pays annexés.

Le gros mot *sécurité*, employé dans cette
occasion par le gouvernement allemand, est
simplement ridicule et n'est invoqué que pour
couvrir le vrai motif, c'est-à dire l'attentat aux
intérêts des nationaux français, ce contre quoi
le gouvernement républicain est en droit de
protester avec énergie.

Si l'on examine avec calme et sans parti
pris la situation de l'Alsace-Lorraine, on en
arrive à conclure que la germanisation n'a
fait aucun progrès en Alsace-Lorraine. C'est
le genre français qui domine toujours et ce
qui est officiel a seul l'allure allemande. Ce
qui est allemand, ce n'est que la surface ; les
inscriptions françaises ont fait place aux allemandes et le nombreux personnel de fonctionnaires allemands a remplacé nos compatriotes
émigrés, mais le fond est toujours français et
l'Alsacien-Lorrain se fait toujours un malin
plaisir de dire aux Prussiens : Nous sommes
autrement distingués que vous, nous avons

Paris pour capitale et nos ancêtres sont entrés en vainqueurs dans les capitales de l'Europe! A l'appui de cette assertion je cite la phrase suivante écrite par la *Post de Berlin* : « La plupart des Alsaciens-Lorrains, *les femmes* notamment, ne parlent que le français et ont été élevés en France. » La feuille berlinoise concluait en disant que, par cette présence de Français, la génération nouvelle sur laquelle Bismarck fondait ses espérances restera complètement soustraite à l'influence prussienne. La *Gazette de Francfort*, tout en étant opposée à la mesure, reconnaît aussi qu'elle est dirigée contre les optants.

En conséquence, il est permis de croire que c'est spécialement contre l'élément français que l'obligation du passeport est dirigée. Le vieillard, mis à la tête du gouvernement de l'Alsace-Lorraine, désire, talonné par la mort qui s'approche à grands pas, arriver plus rapidement à la *teutonisation*. Dans sa hâte, M. de Hohenlohe ne s'est pas attaché à étudier la question pour conclure ensuite avec raison que la résistance à la germanisation se trouvait dans le cœur de tout habitant d'Alsace-Lor-

raine. Il a jugé que la présence des optants
était cet obstacle et c'est contre eux qu'il a
voulu lutter ; la mesure des passeports devait
donc s'attaquer plus spécialement aux Français propriétaires en Alsace - Lorraine. Ne
pouvant plus venir gérer leurs affaires, ces
propriétaires vendraient forcément leurs biens
que des Prussiens se hâteraient d'acheter à
vil prix, les sujets de Guillaume finiraient
ainsi par être à la tête d'une grande partie
des industries et appelleraient comme ouvriers
le trop-plein du reste de l'Allemagne. Ce que
je dis là semble être une fable, mais ne s'é-
tonnera-t-on pas davantage en apprenant que
ce plan était encore la conséquence d'études
allemandes qui démontraient que, une fois
passé quarante ans, on ne peut plus apprendre
l'allemand. Or, l'allemand ne pouvant être vul-
garisé en Lorraine avant la disparition de
toutes les générations qui ne peuvent l'apprendre, il en résulte qu'il faudrait attendre
peut-être un demi-siècle, tandis qu'en y implan-
tant des Allemands on gagnerait quelques
années. Ce raisonnement semble puéril, cependant il s'est rencontré dans les feuilles offi-

cieuses d'Alsace-Lorraine, et M. de Hohenlohe, voulant réussir là où M. de Manteuffel a échoué, a désiré le mettre en pratique.

Afin d'empêcher l'élément français de s'implanter dans les pays annexés, le gouvernement allemand avait déjà publié, quelques mois avant la promulgation de l'arrêté concernant les passeports, un rescrit dont les points essentiels étaient les suivants :

« I. — Lorsqu'un jeune homme des familles
« françaises aura accompli sa dix-septième an-
« née, la situation de sa famille sera exami-
« née avec un grand soin. S'il résulte de cet
« examen qu'il n'existe aucune objection à ce
« que cette famille ou simplement le jeune
« homme reçoive la nationalité allemande, on
« demandera au père s'il veut se faire natu-
« raliser ou se borner à faire naturaliser le
« fils qui a atteint l'âge de la conscription.
« Si le père demande la naturalisation soit
« pour lui, soit pour son fils, l'affaire est vi-
« dée. Si, au contraire, le père ne fait pas
« cette demande, la famille pourra continuer
« à habiter le pays sans être inquiétée, mais
« le fils qui a atteint l'âge de la conscription

17.

« ne pourra plus rester ; il sera expulsé et ne
« pourra revenir en visite chez ses parents,
« dans le courant d'une année, que pendant
« quinze jours à trois semaines. Dans le cas
« où des objections s'élèveraient contre la
« naturalisation de la famille ou celle du jeune
« homme, la famille ne sera pas inquiétée,
« mais le jeune homme sera expulsé et ne
« pourra également revenir dans sa famille
« que pendant la durée de temps indiquée
« plus haut.

« II. — Il sera procédé de la même manière
à l'égard des cent quatre vingt-seize pères de
famille dont les fils reconnus, sur la proposition de la commission immédiate d'option,
comme étrangers, sont revenus en Alsace-Lorraine, leur pays de naissance.

« III. — Les célibataires reconnus comme
étrangers, sur la proposition de la commission
d'option, pourront, tant qu'ils se conduiront
bien, séjourner dans le pays jusqu'au moment
où ils voudraient se marier et créer une famille.

« Dans ce cas aussi on examinera s'il existe des
objections à ce qu'ils reçoivent la nationalité

allemande. Aucune objection ne s'élevant, ils seront invités à se faire naturaliser. S'ils en font la demande, l'affaire sera considérée comme vidée; dans le cas contraire, on décidera, selon le résultat de l'examen de leur situation, s'ils seront expulsés avant leur mariage, ou s'ils pourront rester dans le pays après leur mariage, en leur signifiant toutefois que les fils issus de leur mariage ne pourront continuer à habiter le pays une fois qu'ils auront atteint l'âge de conscription que s'ils se font naturaliser. »

Le gouvernement allemand en publiant ce rescrit s'était tenu le raisonnement suivant. Si, dans les centaines de familles françaises domiciliées en Alsace-Lorraine il se trouve beaucoup de fils qui restent des étrangers, qui se marient et procréent encore beaucoup de fils, on verrait se former en Alsace-Lorraine des colonies toutes françaises; avec le temps la population du pays se composerait en grande partie d'étrangers, et l'armée allemande perdrait de fait un nombre considérable de recrues.

Le gouvernement voulait aussi empêcher

de revenir au pays les jeunes gens qui l'avaient
quitté avec un permis d'émigration. L'autorité sentait que la présence de ces jeunes gens
qui, quoique nés en Alsace-Lorraine, n'ont
pas fait de service dans l'armée allemande,
excitait tous les Alsaciens-Lorrains à en faire
autant. Sous prétexte donc que ces jeunes
émigrés appartiennent en majeure partie aux
classes aisées de la société qui possèdent assez
de fortune pour faire instruire leurs enfants
à l'étranger, et *qu'il y avait là quelque chose
de favorable à l'aristocratie et de contraire au
principe de l'égalité devant la loi*, le gouvernement avait ajouté un article 4 au rescrit
précédent. En vertu de cet article additionnel,
ces jeunes gens étaient invités à fournir dans
le délai de quatre semaines la preuve qu'ils
avaient acquis une autre nationalité que la
nationalité allemande et qu'ils ne l'avaient pas
de nouveau perdue ; si la preuve réclamée
faisait défaut, ils devaient être incorporés de
suite dans l'armée allemande ; si, au contraire,
ils prouvaient qu'ils possédaient une autre
nationalité ils devaient être expulsés d'Alsace-
Lorraine, et il ne leur était permis de reve-

nir voir leurs parents que pendant quinze
jours à trois semaines chaque année.

Ces articles de lois qui ont précédé quelque
peu l'obligation du passeport indiquent suffisamment que l'on veut expulser coûte que
coûte les Français d'Alsace-Lorraine en publiant des décrets auxquels leur patriotisme
leur défendait de se soumettre. Mais si les enfants de ces familles françaises étaient tenus
éloignés des pays annexés, les parents pouvaient y venir en toute liberté et passer quelques semaines dans leurs propriétés. Aux yeux
de M. de Hohenlohe la présence de ces personnes qui revenaient ainsi passer chaque année,
sans bruit, une petite période de temps en
Alsace-Lorraine, ne pouvait être autre chose
qu'une propagande anti-allemande. Le petit
vieillard s'est mis à chercher le moyen de
brider cette invasion et il n'a rien trouvé de
mieux que l'obligation des passeports. *Ecarter
les Français d'Alsace-Lorraine et rendre les
Prussiens acquéreurs de leurs propriétés pour
hâter la germanisation de l'Alsace-Lorraine*,
voilà donc le véritable motif qui a suggéré
l'obligation des passeports.

Il est évident que nos prudents voisins n'ont
pas découvert leur jeu de suite. En 1888, les
propriétaires forment la majorité de ceux qui
obtiennent le visa du passeport, mais en 1889
il en va tout autrement. Un grand nombre de
propriétaires voient accueillir par un refus
leur demande de passeport, et bientôt les
bureaux du ministère à Strasbourg devien-
nent le siège d'une société de capitalistes
allemands à la tête desquels se trouve M. de
Hohenlohe comme directeur-fondateur. Dès
le début, autour de ce comptoir d'accapareurs
ne se réunissaient que quelques membres
auxquels la propagande anti-française adjoi-
gnit bientôt des bourses moins plates. Dans le
principe, des délégués de cette société de tra-
fiqueurs se portaient de commune en commune
pour acheter les biens que de pauvres diables
poussés par la misère se résignaient à vendre.
La plupart des riches propriétaires d'Alsace-
Lorraine sont français, — soit comme annexés,
soit comme optants — aussi y eut-il entente
entre eux pour empêcher ces biens de tomber
entre les mains prussiennes. C'est donc contre
ces optants et ces annexés qu'il fallait sévir,

et dans le cas présent il était difficile de trouver mieux que l'obligation du passeport pour
atteindre ce double but et léser les intérêts des
uns et des autres.

Faut-il après cela s'étonner, comme on l'a
fait de prime abord, de voir trôner l'arbitraire
à l'officine qui s'appelle le ministère d'Alsace-
Lorraine et qui pourrait aussi justement revendiquer le titre de *comptoir de Hohenlohe
et Trafic Cie* !

Tous les moyens étaient bons pour arracher
aux mains françaises quelques lopins de terre
d'Alsace-Lorraine et faire de quelques gueux
de Poméranie des seigneurs à bon marché
dans les pays annexés.

Pour enlever à nos compatriotes toute
velléité de s'opposer un peu sérieusement à
cet accaparement, la presse stipendiée par le
gouvernement rappela en 1889 aux Alsaciens-
Lorrains l'existence d'un article 2 de la loi
organique de 1879 (ancien article 10 de la loi
de 1871) qui permettrait de les expulser s'ils
contrecarraient l'autorité prussienne. En même
temps des articles à tapage engageaient le
gouvernement à agir en Alsace-Lorraine

comme dans le grand-duché de Posen et de favoriser la constitution des sociétés foncières qui acquerraient les propriétés.

Pour que le lecteur puisse contrôler par lui-même l'exactitude du fait, nous transcrivons un article paru dans la *Gazette universelle de Munich* en novembre 1889 et reproduit par le journal *Le Temps* : « Nous apprenons que des capitalistes allemands sont en pourparlers pour l'achat de grandes propriétés en Alsace-Lorraine. Nous désirons que ces entreprises aboutissent et que le nombre des achats conclus dans les dernières années s'augmente. On peut approximativement admettre que les grandes propriétés dont 80 p. 100 environ sont situées en Lorraine, tandis que le reste se répartit à peu près par moitié entre la Haute Alsace et la Basse Alsace, appartiennent pour les deux tiers en Lorraine et pour la moitié en Alsace, à des Français ou à des indigènes dont les enfants ont émigré. Il y a là un danger politique. »

Après la lecture de ces lignes, on ne doit plus s'étonner que la société d'accapareurs allemands précitée se soit grossie de quelques capitalistes allemands au nombre desquels figure le gouverneur d'Alsace-Lorraine, M. de Hohenlohe, avec une part de membre fondateur. Les bénéfices devant augmenter dans la caisse de la société en raison directe des refus de passeport, que doit-il arriver? C'est que M. de Hohenlohe commandera à ses fonctionnaires d'avoir à redoubler de rigueur. Personne ne pourra scruter si le refus du passeport est ou n'est pas sérieusement motivé, puisque le ministère d'Alsace-Lorraine n'accompagne jamais son refus de notes explicatives.

Par suite de cette odieuse spéculation, tel propriétaire français après avoir obtenu son passeport en 1888 a obtenu une réponse défavorable en 1889, quand il s'est agi de renouveler sa demande, et il faut noter que sa conduite n'avait pas été autre la deuxième année que la première.

Tel autre propriétaire essuye aussi un premier refus en 1889, il réitère sa demande une seconde et une troisième fois, et finit par obtenir son passeport, grâce à l'appui d'un haut fonctionnaire prussien à qui ses affaires

l'ont forcé de vendre autrefois une petite propriété.

Il est à remarquer que si les propriétaires
d'Alsace ont été atteints, il y a eu en Lorraine une véritable hécatombe de propriétaires
français ; ce coin de terre était visé tout particulièrement parce que la langue française y
est restée le plus en vedette. Aussi la façon
honteuse de trafiquer s'exerçait-elle là avec
toute absence de pudeur ; je citerai un cas à
l'appui. M. B., possesseur d'une petite propriété de campagne dans les environs de Metz,
s'y rendait chaque année pour y passer plusieurs
mois durant la belle saison. Il obtint comme
beaucoup d'autres son passeport en 1888. Mais
en 1889 on lui refuse le visa sans plus lui
donner d'explications. Pas très fortuné, il se
résigne alors à vendre sa propriété. Mais, une
fois la vente terminée, il reçoit à son plus
grand étonnement la permission de séjourner
en Alsace-Lorraine. Le fait se passe de commentaires ; mais prouve surabondamment le
but visé par le gouvernement allemand en
promulguant l'obligation du passeport.

Comme le passeport n'est pas exigé des

voyageurs qui pénètrent en Alsace-Lorraine par les frontières luxembourgeoise et suisse, une propriétaire du pays messin, après s'être vu refuser le passeport en 1889, voulut aller passer quelques jours dans sa propriété en passant par l'une des frontières précitées. Elle se rendit donc à sa maison de campagne, résolue à y passer quelques heures seulement, c'est-à-dire le temps nécessaire pour y prendre plusieurs objets de valeur. Cette femme était à peine depuis quelques instants dans sa maison, quand se présentèrent deux gendarmes prussiens qui lui accordent dix minutes pour se mettre en état de les suivre et lui annoncent que, d'après l'ordre reçu, ils ne la quitteront pas un instant.

Les impitoyables argousins l'obligèrent ensuite à faire à pied entre eux deux les six kilomètres qui les séparent de la ville voisine. Tout exténuée par la fatigue et la tristesse, la bonne vieille dame demande en grâce à mi-chemin à ses gardiens la permission de monter sur un chariot de laitier. Après bien des supplications, elle obtient cette concession pour quelques centaines de mètres et à la con-

dition que les deux sbires casqués auraient
une place à côté d'elle.

Ah! ce jour-là, les Prussiens ont plus fait
pour la France que toutes les pages les plus
vibrantes de patriotisme. Et les habitants de
Metz se souviendront longtemps encore de
cette vieille femme en pleurs traînée comme
un scélérat à travers les rues et que rudoyait
un brutal commissaire de police en la mena-
çant de la détention dans une forteresse en
cas de récidive.

Le gouvernement de Strasbourg ayant
déclaré que l'obligation des passeports est une
mesure de sécurité, il ne faut pas hésiter à
voir dans cette femme à cheveux blancs une
menace effrayante pour l'empire allemand,
tout comme ce nourrisson que le commissaire
de police de la frontière ne voulait pas laisser
pénétrer sur le territoire annexé parce qu'il
n'était pas inscrit sur le passeport de sa mère.

Voici encore un cas de refus de passeport
qui montrera d'une façon plus officielle que
la mesure vise surtout nos nationaux. M. Y.
a une propriété splendidemment située et
d'un excellent rapport. En 1888, ce proprié-

taire obtient son passeport. L'année suivante,
il renouvelle sa demande et essuye un refus ;
il réitère la demande trois fois de suite et
Strasbourg lui donne trois fois de suite une réponse négative. L'autorité départementale in-
tervient auprès du gouvernement en faveur du
propriétaire et un quatrième refus répond
encore à cette demande. L'autorité départementale, mécontente d'avoir essuyé un refus,
s'enquiert du grief et le dénonce ainsi à notre
compatriote : *Un grand fonctionnaire allemand convoite cette propriété !* Quand le propriétaire apprit cette réponse stupéfiante, il jura
à part lui qu'il laisserait tous ses terrains en
friche plutôt que de les vendre à un Allemand.

Il est bon de remarquer aussi que le gouvernement d'Alsace-Lorraine ne donne jamais
les motifs pour lesquels il refuse un passeport, pas plus qu'il ne donne la raison pour
laquelle, après avoir répondu par un refus à
une première ou une deuxième demande, il
revient tout à coup sur ses décisions anté-
rieures et accorde le visa sollicité.

Le gouvernement des pays annexés n'a
jamais formulé davantage les raisons qui

pourraient donner à entendre à une personne
qu'elle a des droits à l'obtention du passeport.

Il peut arriver aussi que, tout en étant en
possession d'un passeport régulièrement visé,
on se voit interdire le séjour en Alsace-Lorraine au moment où l'on veut faire usage du
passeport. Il suffit pour cela d'une décision
préfectorale et vous êtes menacé de quelques
mois de prison au cas où il vous prendrait la
fantaisie de rester dans le pays vingt-quatre
heures après la décision.

Non seulement le gouvernement prussien
vise à écarter par le passeport l'élément français du pays d'Alsace-Lorraine, mais il espérait aussi porter par là quelque préjudice à
l'Exposition. En Allemagne, on souhaitait
que le gouvernement français, pour répondre
à l'attaque prussienne, prît la même mesure vis-à-vis de l'Allemagne, en guise de représailles, ainsi que l'insinuait d'ailleurs à
cette époque la rageuse *Gazette de l'Allemagne du Nord*. Emboîtant le pas derrière la
feuille bismarckienne, la *Nouvelle Presse de
Vienne* prétendait elle aussi, à cette date, que
tant que la France serait à la remorque de la

Russie, elle serait un danger pour l'Europe.
A Berlin, on nourrissait l'espoir de voir la
France décréter aussi l'obligation d'un passeport et on escomptait déjà le plaisir de voir
les populations renoncer à aller contribuer par
leur présence au grand succès de notre Exposition. Les calculs prussiens ont heureusement été
déçus et le gouvernement français s'est borné
à la publication du décret du 2 novembre 1888,
d'après la teneur duquel tout étranger est
astreint à faire une déclaration à la préfecture de police. De cette façon, aucun obstacle
n'a été mis à l'affluence des étrangers à Paris
et l'Exposition universelle de 1889 a réussi
au delà de toute espérance.

La politique allemande, comme on vient de
le voir, sous prétexte de sécurité dirigeait une
forte attaque contre les intérêts français. Les
Allemands ne pouvaient pas sérieusement
songer à nous déclarer une guerre comme
celle de 1870 sous peine de voir l'Europe
entière s'élever contre eux, mais ils voulaient
faire la guerre à notre commerce, notre
industrie, etc. Grâce à Dieu, ils en ont été
pour leurs frais.

CHAPITRE III

Le traité de Francfort violé par l'obligation
des passeports

Le traité de paix signé à Francfort le 10
mai 1871 au nom de la France par MM. Jules
Favre, Pouyer-Quertier, E. de Goulard, et au
nom de l'Allemagne par MM. V. Bismarck et Arnim, n'avait été dénoncé, avant l'arrêté allemand de mai 1888, par aucune des parties
signataires.

Or, l'article 11 du traité de Francfort est
énoncé ainsi : « Les traités de commerce avec
« les différents Etats de l'Allemagne ayant été
« annulés par la guerre, le Gouvernement
« français et le Gouvernement allemand
« prendront pour base de leurs relations com-
« merciales le régime du traitement récipro-

« que *sur le pied de la nation la plus favori-*
« *sée.*

« Sont compris dans cette règle les droits
« d'entrée et de sortie, le transit, les formali-
« tés douanières, *l'admission et le traitement*
« *des sujets des deux nations,* ainsi que de leurs
« agents, » etc.

. *Sur le pied de la nation la plus favorisée,*
dit le texte. Ainsi, dans le cas où une nation
quelconque jouirait en Allemagne d'une faveur
pour ses nationaux, nous aurions droit à la
même faveur ; l'Allemagne sera de même en
droit d'exiger pour ses nationaux de la part
de la France les faveurs que cette dernière
puissance accorderait à une autre. Il faut
donc que l'Allemagne, pour pouvoir astreindre
les sujets français à une obligation quelconque,
y astreigne en même temps tous les étrangers ; la France aussi devrait imposer à tous
les étrangers les sévérités dont elle voudrait
frapper les sujets allemands.

Or, ceci posé, reportons-nous à la séance
du 1er février 1889 de la Délégation d'Alsace-
Lorraine et prenons acte des paroles de
M. Studt, sous-secrétaire d'Etat, parlant au

18

nom du gouvernement de Strasbourg qui est
l'auteur du décret, comme on l'a vu dans
la première partie de cette étude : « Qui-
« conque a suivi la marche des mesures
« prises a dû reconnaître qu'elles ont marché
« de pair avec les événements qui se pas-
« saient à l'étranger et qui menaçaient la
« sécurité publique *de ce côté de la frontière.*

« L'obligation du passeport n'est qu'une me-
« sure de sécurité. L'expérience a prouvé que
« la surveillance exercée *sur les Français*
« était insuffisante, etc. »

C'est donc bien contre *les Français* exclusivement que la mesure a été prise, et, à défaut
de la parole de M. Studt, on pourrait citer la
Gazette de l'Allemagne du Nord, la *Post de
Berlin,* la *Gazette Nationale,* la *Gazette de
Francfort,* la *Gazette de Cologne,* et la plupart
des journaux allemands qui, soit pour appuyer,
soit pour attaquer la mesure, ont reconnu
que la mesure était spécialement dirigée contre
la France.

Donc de l'aveu du gouvernement allemand
comme de l'aveu de ses journaux *le traitement
imposé à nos nationaux par l'Allemagne n'est*

plus le traitement de la nation la plus favori-
sée.

Si nous prenons ensuite l'arrêté du 22 mai
1888, que lisons-nous encore à l'article 1ᵉʳ :
« tous les étrangers arrivant *par la frontière*
française..... » Les mots *frontière française*
remplacent les mots *de ce côté de la frontière*
prononcés à la délégation par le sous-secrétaire
d'Etat. Le texte de l'arrêté ne nous maintient
donc pas plus que la parole du gouvernement
sur le pied de la nation la plus favorisée, puisque le passeport n'est pas exigé des voyageurs
qui entrent en Alsace-Lorraine par une autre
frontière que la frontière française.

Mais poursuivons la lecture de l'arrêté du
22 mai 1888 et nous remarquerons que les
sujets français ne sont plus traités non seulement sur *le pied de la nation la plus favorisée*
mais au contraire *sur le pied de la nation la*
moins favorisée. En effet, l'arrêté du 22 mai
dit que *pour tous les étrangers* le visa est *vala-*
ble pour un an, et le paragraphe 1ᵉʳ du rescrit
du 23 mai n'accorde *qu'une durée de huit se-*
maines aux personnes de nationalité française
qui pour prolonger leur séjour sont tenues

d'en demander l'autorisation au président du département.

Au paragraphe 2 du même rescrit nous voyons *les Français* tenus à faire personnellement une déclaration de résidence, tandis que les étrangers en sont exempts.

Au paragraphe 3 de la pièce du 23 mai il est écrit que *les Français* appartenant à l'armée active ou à la marine, les officiers de réserve et de territoriale sont tenus à posséder une permission spéciale en sus du passeport, ce à quoi ne sont pas astreints les membres de l'armée des autres nations.

Enfin si nous parcourons les pièces émanant du consulat d'Allemagne à Paris, nous trouvons dans la première pièce : « D'après des arrêtés ministériels récents, *les personnes de nationalité française* ne peuvent plus séjourner en Alsace-Lorraine qu'en vertu d'une autorisation préalable..... » Et dans la pièce subséquente on lit : « L'ambassade d'Allemagne à Paris ne peut viser les passeports *des Français* voulant se rendre en Alsace-Lorraine qu'après s'être informée auprès des autorités de ce pays si rien ne s'y oppose..... »

Et ailleurs : « *Tout Français* qui séjournera plus de vingt-quatre heures dans une commune de l'Alsace-Lorraine *quelle que soit la frontière par laquelle il sera entré*, devra faire une déclaration de résidence ; » ou encore : « *Les voyageurs français* feront bien d'indiquer avec pièces à l'appui les motifs de leur voyage..... »

En considérant ces points spéciaux on remarquera que les étrangers sont exemptés de bien des formalités, tandis que les sujets français sont traités sur le pied de la nation la moins favorisée. Et nous en arrivons par la récapitulation à dire : Tous les étrangers pénétrant en Alsace-Lorraine par la frontière française doivent exhiber un passeport ; mais en passant par les frontières suisse et luxembourgeoise tous les étrangers en sont exemptés à l'exception des Français, comme nous en avons cité un exemple. Le passeport est délivré sans formalité à tous les étrangers, sauf aux Français ; le séjour n'est pas limité pour les étrangers, sauf pour les Français ; une fois en Alsace-Lorraine, les étrangers, sauf les Français, sont exemptés de toute formalité subséquente.

Le gouvernement allemand est donc en opposition directe avec l'article 11 du traité de Francfort[1]. Nous ne pouvons donc que manifester notre étonnement de voir la *Gazette de Cologne* nous rappeler, en novembre 1889, ce même article 11 à propos du renouvellement de nos traités de commerce, et nous dire que ce paragraphe engage réciproquement le gouvernement allemand et le gouvernement français. L'Allemagne a violé la première cette convention et par le fait nous a rendu nous aussi à la liberté. Le gouvernement de l'Empire n'a même pas pour lui l'excuse d'avoir agi à la légère, nous en avons comme témoignage les paroles du sous-secrétaire d'Etat : « Le gouvernement n'a pris cette mesure qu'après avoir pesé le pour et le contre, et s'être mis préalablement d'accord avec le gouvernement impérial. » Par suite, nos voisins d'Outre-Rhin n'auraient pas à s'étonner de nous voir profiter de la liberté qui nous est rendue. Si les fonctionnaires de M. de Bismarck peuvent se permettre de traiter nos

---

[1] La question a été traitée dans ce sens, en 1888, par M. Edouard Clunet, avocat à la cour de Paris.

nationaux de telle façon qui leur semble la plus profitable aux intérêts de l'Allemagne, en dépit des traités, nous pourrons de notre côté prendre à l'égard des sujets allemands domiciliés en France telle ou telle mesure de réciprocité au mieux des intérêts français.

Sans nous attarder plus longuement sur l'article 11 du traité de Francfort, passons de suite à l'article 2 du même traité, et nous conclurons encore que le décret sur les passeports est une violation de la convention franco-allemande. Voici ce que dit l'article 2 du traité de Francfort : « Les sujets français « originaires des territoires cédés domiciliés « actuellement sur ce territoire, qui enten- « dront conserver la nationalité française, « jouiront jusqu'au premier octobre 1872 et « moyennant une déclaration préalable faite à « l'autorité compétente de la faculté de trans- « porter leur domicile en France et de s'y « fixer, sans que ce droit puisse être altéré « par les lois sur le service militaire, auquel « cas la qualité de citoyen français leur sera « maintenue.

« *Ils seront libres de conserver leurs immeu-*

« *bles situés sur le territoire réuni à l'Alle-*
« *magne.* »

Comme je l'ai fait remarquer en parlant *de la
valeur des motifs invoqués pour justifier l'obligation des passeports*, l'Allemagne refuse à
nos nationaux propriétaires en Alsace-Lorraine
l'autorisation d'aller gérer leurs biens dans les
pays annexés, et par conséquent viole l'article 2
du traité de Francfort. Sans qu'il soit nécessaire de revenir sur les cas déjà cités, nous
rappellerons que *dans un seul arrondissement*
d'Alsace-Lorraine *une dizaine de* propriétaires
se sont vu refuser le passeport en 1889, et
tout en nous gardant de donner les noms de
ces propriétaires pour ne pas fournir à M. de
Hohenlohe une liste de proscription, nous nous
contenterons de rappeler les expulsions de
M. Blech, possesseur d'importantes filatures à
Sainte-Marie-aux-Mines, de M. Thouvenin,
directeur de la verrerie de Valleristhal, enfin
celle plus ancienne de M. Kœchlin-Schwartz.

Si en regard des faits précités on place
l'article 2 déjà cité du traité de Francfort, on
conclut à la violation de ce dernier, et cela
sans qu'il soit nécessaire d'étaler une grande

force d'argumentation pour déclarer que la liberté de conserver des immeubles implique aussi la liberté de les gérer. S'il en était autrement, nous pourrions, en vertu de ce principe, prier les Allemands d'avoir à quitter l'Alsace-Lorraine qu'ils posséderaient à titre de propriétaires, mais sans pouvoir la gérer, ce qui ne serait rien moins qu'absurde. D'ailleurs si nous nous reportons à l'article 5 des préliminaires du traité de Francfort, nous y lisons : « Le gouvernement allemand n'apportera aucun obstacle à la libre émigration des habitants des territoires cédés et ne pourra prendre contre eux *aucune mesure atteignant leurs personnes ou leurs propriétés.* » Ce paragraphe des préliminaires du traité ne confirme-t-il pas l'interprétation de l'article 2 dans un sens favorable aux revendications de nos nationaux. Enfin reportons-nous à l'époque où parut le décret exigeant le passeport pour entrer en Alsace-Lorraine, c'est-à-dire en mai 1888, là encore nous trouverons un argument favorable à notre cause ; c'est l'article 4 d'une pièce émanant de l'ambassade d'Allemagne à Paris et reproduite dans le *Journal officiel d'Alsace,* le 23 mai 1888. Voici le texte : « *Les Français qui ont des immeubles en Alsace-Lorraine ne sont pas soumis aux formalités qui précèdent.* » On reconnaissait donc alors le droit des propriétaires français, tout comme par l'article 4 des dispositions complémentaires de l'arrêté du 22 mai 1888. « Les personnes de nationalité française qui, dès avant le 10 avril 1887 ont séjourné en permanence dans le pays, *ainsi que celles qui possèdent des biens immeubles en Alsace-Lorraine et qui ont passé jusqu'à présent régulièrement une partie de l'année* en Alsace-Lorraine n'ont besoin, dans aucun cas, d'une permission de séjour spéciale, si, s'étant rendues temporairement en France, elles en reviennent un peu plus tard. »

Donc le gouvernement allemand en refusant, comme il vient de le faire en 1889, le visa du passeport au plus grand nombre de nos nationaux propriétaires en Alsace-Lorraine, a violé l'article 2 du traité de Francfort tout autant que l'article 11 du même traité, et la France était en droit d'user de représailles. La *Gazette de l'Allemagne du Nord* encourageait

le gouvernement de la République à sévir et
prétendait que les vexations internationales
seraient évitées autant que possible de cette
façon. La France n'en a rien fait, elle était à
la veille de son Exposition. Le décret du
2 octobre 1888 contre les étrangers, comme
le disait notre article dans la *Presse* du
2 décembre 1889, était aussi insignifiant
qu'intempestif puisque nous étions à la veille
de l'Exposition et qu'il atteignait tous les
étrangers et non pas *les Prussiens seuls.* Mais
aujourd'hui toute l'attention de la France doit
être dirigée sur cette violation du traité
de Francfort au moment où il s'agit du
renouvellement des traités de commerce, car
à quoi bon faire des traités avec une race qui
ne respecte pas sa signature ?

CHAPITRE IV

Les passeports et l'opinion publique en Alsace-Lorraine et en Allemagne

Le *Journal d'Alsace* servait à ses lecteurs, sous le titre *Correspondance berlinoise* les lignes suivantes : « Les Alsaciens-Lorrains, dit-on (à Berlin) non sans humeur, se souviennent trop du passé ; ils songent trop à la France. Il faut qu'ils comprennent que l'annexion est définitive, qu'ils doivent se rattacher à l'empire d'Allemagne et oublier qu'ils ont été des Français. Et s'ils ne veulent pas l'oublier, *nous les y contraindrons.* » L'obligation des passeports, tout comme les maires de carrière, étaient donc les moyens dont voulait user M. de Hohenlohe pour faire oublier à nos compatriotes d'Alsace-Lorraine qu'ils ont été Français ! Si le prince avait mieux connu les habitants des pays annexés, il aurait prévu que le résultat n'amènerait qu'un recul dans la germanisation, un plus profond dégoût de l'Allemagne, et un plus grand regret pour la France. Cette opinion était celle de M. Petri, député de Strasbourg, quand à la séance de la Délégation d'Alsace-Lorraine, il disait au sous-secrétaire d'Etat : « Le gouvernement n'aurait pas pu prendre de mesure mieux faite pour étouffer le développement des dispositions conciliantes pour étouffer tout progrès dans la pacification des esprits et dans la prospérité du pays. »

Cette mesure ruine le peu de commerce qui existe encore en Alsace-Lorraine ; les feuilles telles que le *Journal d'Alsace*, le *Lorrain* se firent les interprètes des plaintes de tous les commerçants. La *Gazette de Francfort* tenait elle aussi le même langage. Enfin en février 1890, l'officieuse *Strassburger Post* avouait que cette mesure est, en effet, « troublante et désagréable pour les affaires en Alsace-Lorraine ».

Un des meilleurs témoignages de la ruine des
affaires dans les pays annexés, se trouve dans
la statistique des recettes des chemins de fer,
ces recettes sont très inférieures au cours
ordinaire en 1889, malgré les nombreux Allemands qui sont venus visiter l'Exposition. Loin
de s'émouvoir de la mauvaise situation faite
par le passeport à la prospérité du pays, le
gouvernement répondait ainsi aux plaintes des
députés : « Le gouvernement sait très bien
« qu'un préjudice matériel est la conséquence
« du passeport; mais je puis affirmer que le
« tableau qu'on fait de ce préjudice est exa-
« géré. Les dommages éprouvés ne sont
« qu'isolés ; *le gouvernement les déplore, mais*
« *il est obligé de sauvegarder des intérêts supé-*
« *rieurs.* » L'opinion publique est donc opposée
à tous ces actes de dictature que le maréchal
de Manteuffel semblait prévoir quand il disait
aux Alsaciens-Lorrains : « Je ressens avec
vous combien il doit vous être pénible d'être
séparés de la France si distinguée par son
esprit et sa vie intérieure ! »

Le mécontentement n'a pu que s'accroître
chez nos anciens compatriotes quand sur les

multiples vexations est venu se greffer le refus de l'empereur Guillaume d'abroger l'obligation des passeports. Et cette façon d'agir du
chef de l'Etat concorde d'ailleurs avec la phrase
célèbre de son grand chancelier : « Les Alsaciens-Lorrains croient-ils que c'est dans leur
intérêt que nous les avons annexés à l'empire ? Non, non, c'est surtout dans l'intérêt de
l'Allemagne ! » Il ne faut donc pas s'étonner
de voir le gouvernement allemand resserrer
les lacets de ce corset de torture, mais il ne
faut pas davantage être surpris de l'agitation
qui se fait contre cette mesure. Cette agitation
est justifiée, de l'aveu même de la *Gazette de
Cologne*, qui cependant n'est pas prodigue de
libéralisme, envers tout ce qui est français :
« Cette agitation est justifiée ; elle a des ra-
« cines profondes dans toutes les classes de la
« population, tout en étant bien éloignée de
« servir à des buts politiques dans le sens ha-
« bituel du mot. La mesure du passeport frappe
« durement ceux-là même contre lesquels elle
« n'est pas dirigée, c'est-à-dire les citoyens
« paisibles qui trouvent déjà trop sévères les
« prescriptions relatives au séjour des étran-

« gers. Elle est, au contraire, sans efficacité
« contre ceux qu'elle préten l justement at-
« teindre, c'est-à-dire contre les espions, les
« agitateurs, qui ont suffisamment de moyens
« pour pénétrer dans le pays par la Suisse ou
« le Luxembourg, ou qui encore peuvent s'é-
« tablir tout près de la frontière. C'est pour-
« quoi les Alsaciens-Lorrains n'ont jamais
« compris le décret. »

Si l'on considère l'attitude d'une partie de
la presse allemande dans cette question des passeports, on est obligé de convenir, selon l'expression vulgaire, que les Allemands remar-
quent volontiers la paille dans l'œil français
sans vouloir s'occuper de la poutre qui les
éborgne. Inconsciente de son accident, la *Stras-
burger Post* affirmait que l'Allemagne devrait
maintenir l'obligation des passeports « *aussi
longtemps que la France, par sa propre attitude,
motivera cette mesure* ». Toujours aimable à
notre endroit, la *Gazette de l'Allemagne du
Nord* criait bien haut en mai 1888 que nous
étions des anthropophages qu'il fallait parquer
au moyen des passeports. Emboîtant le pas
derrière cette feuille atrocement reptilienne,

la *Gazette Nationale* menaçait la terre d'une disette d'encre à force d'écrire sur toutes les gammes : « Si la paix européenne boite, *la faute en est, en premier lieu, à la France,* tant à cause de ses projets de revanche qu'en raison de sa désorganisation et de son désordre intérieurs. » La *Nouvelle Presse de Vienne* fit chorus pour dire à tout l'univers :

> Qu'il fallait dévouer ce maudit animal
> Ce pelé, ce galeux, d'où venait tout le mal.

« Personne, écrivait-elle, ne peut nier que ce soit la faute de la France, si M. de Bismarck est obligé de prendre contre elle des mesures d'isolement. Il n'y a plus que la Russie qui prenne parti pour la France, et encore est-ce par haine de l'Allemagne. C'est à la Russie que la France doit sa situation. La France sera un danger pour la paix de l'Europe aussi longtemps qu'elle sera à la remorque de la Russie. »

On doit noter, pour être impartial, que ces différents jugements n'exprimaient cependant pas la manière de voir de tous les sujets de Guillaume II, témoin la *Gazette de Francfort :*

19.

« Ceux qui auraient la velléité de se consoler par la supposition que ce sont les Français seuls qui en supportent le préjudice, se trompent ; le monde commercial allemand le subit peut-être à un degré plus élevé, ... notre monde commercial sera considérablement lésé dans ses recettes. » La *Gazette de Voss* donnait, elle, l'appréciation suivante : « On pourrait combattre ces agitations par d'autres moyens que par ceux qu'on emploie. »

Les Allemands du Sud ont eu à souffrir, eux aussi, des conséquences de cette mesure ; les nombreuses stations thermales du grand-duché de Bade et l'administration des chemins de fer badois ont vu singulièrement baisser leurs recettes. Sur le réseau des chemins de fer d'Alsace-Lorraine la diminution du rendement s'est le plus accentuée ; ce réseau très bien situé et bien entretenu au lieu de produire une augmentation accuse un déficit. Le produit du transport des marchandises ayant augmenté, la diminution du rendement ne peut donc être attribuée qu'à celle du nombre des voyageurs, qui a reculé de 0,2 p. 100 quant au nombre, et de 4 p. 100 quant aux recettes. Il ressort de là non seulement que l'Alsace-Lorraine a reçu moins de voyageurs de France, mais aussi qu'un grand nombre de personnes d'autres nationalités ont évité de traverser ce pays. En temps ordinaire, ces lignes d'Alsace-Lorraine, exploitées au compte de l'Etat, ont un rendement kilométrique supérieur à ce que produisent les chemins de fer dans le reste de l'empire.

Sans vouloir insister sur le déplaisir plus ou moins marqué avec lequel les puissances européennes non alliées à l'Allemagne ont accueilli cette nouvelle boutade de M. de Bismarck, il suffit de rappeler comment M. Gladstone flagellait naguère comme il le méritait un gouvernement qui rétrograde vers les mesures du moyen âge, et dont la triste tâche est de marquer un temps d'arrêt dans les progrès de la civilisation.

Il est raconté [1] que « Louis XVIII, un jour, fuyant à travers l'Allemagne, avait dû se reposer devant un poteau sur lequel on avait fait écrire : *Ne pourront s'arrêter ici plus d'un quart d'heure les mendiants et les proscrits* ». Au-

[1] Louis Blanc. *Histoire de dix ans.*

jourd'hui le mot *proscrits* a été remplacé par le mot *français*, mais le poteau subsiste toujours et s'appelle le passeport!

TABLE DES MATIÈRES

TROISIÈME PARTIE

Valeur des preuves avancées par les Allemands pour justifier l'annexion du pays messin.

QUATRIÈME PARTIE

LES PASSEPORTS

CHAPITRE PREMIER

CHAPITRE II

CHAPITRE III

CHAPITRE IV

ÉVREUX, IMPRIMERIE DE CHARLES HÉRISSEY

www.ingramcontent.com/pod-product-compliance
Lightning Source LLC
Chambersburg PA
CBHW050156030726
47505CB00005B/1404